빛의
의
집

**LA MAISON DES LUMIÈRES**
by Didier Van Cauwelaert

Copyright © Éditions Albin Michel, Paris, 2009
Korean Translation Copyright © Munhakdongne Publishing Corp., 2016

This Korean edition was published by arrangement with
Éditions Albin Michel through Sibylle Books Literary Agency, Seoul.
All rights reserved.

이 책의 한국어판 저작권은 시빌 에이전시를 통해
프랑스 알뱅 미셸 사와 독점 계약한 (주)문학동네에 있습니다.
저작권법에 의해 한국 내에서 보호를 받는 저작물이므로 무단 전재 및 무단 복제를 금합니다.

표지 그림 © René Magritte / ADAGP, Paris – SACK, Seoul, 2016
이 서적 내에 사용된 일부 작품은 SACK를 통해 ADAGP와 저작권 계약을 맺은 것입니다.
저작권법에 의해 한국 내에서 보호를 받는 저작물이므로 무단 전재 및 무단 복제를 금합니다.

이 도서의 국립중앙도서관 출판예정도서목록(CIP)은
서지정보유통지원시스템 홈페이지(http://seoji.nl.go.kr)와
국가자료공동목록시스템(http://www.nl.go.kr/kolisnet)에서 이용하실 수 있습니다.
(CIP제어번호: CIP2016013615)

Didier van Cauwelaert

디디에
반 코빌라르트
장편소설

성귀수 옮김

빛의 집

La
maison
des lumières

문학동네

*La maison des lumières*

차례

나는 곤돌라가 충돌하는 과정에서 필리프 네케르를 처음 만나게 되었다. 최근 연인에게 버림을 받았거나 상을 당한 듯한 행색의 두 외로운 남자가 베네치아에 머물고 있다면, 그것만으로도 숙명적 인연이 성립되는 셈이다. 곤돌라 사공들끼리 서로 잘잘못을 가리는 사이, 우리는 몇 마디 얘기를 나누었다. 그는 파리에서, 나는 아르카숑에서 온 몸이었다. 그는 직업상 현지에서 이십사 시간 머물러야 하는 처지였고, 나는 2인용 여행 상품권을 챙겨서 온 입장이었다.

우리는 각자 상대가 하는 말을 신중하게 저울질했다. 그도 꽤나 의기소침한 분위기인 듯해서, 나는 내가 가지고 있는 '루나

델 마르' 레스토랑의 디너 이용권을 함께 사용하지 않겠느냐고 제안했다. 그는 고맙긴 하나 밤새도록 해야 할 일이 있어 힘들겠다고 했다. 우린 만약의 경우를 생각해 서로의 휴대전화 번호를 교환했고, 뱃사공의 노래에 맞춰 다시 제 갈 길을 갔다.

나는 낭만적인 키스를 위해 마련된 단추 장식 박힌 붉은 벨벳 좌석에 아무 생각 없이 돌아와 앉았다. 그 역시 등을 보인 채 공허를 향해 나아가고 있었다. 한쪽 손을 운하의 검은 물에 담그고 약간 구부정한 자세로 고개를 숙인, 잿빛 머리칼에 밀랍처럼 창백한 안색의 사내. 그는 자연스레 우러나는 우아함과는 왠지 어울리지 않는 우스꽝스러운 복장을 하고 있었다. 연두색 줄무늬 버뮤다팬츠*와 유람객 특유의 폴로셔츠에서는 뭔가를 위장하려는 티가 물씬 풍겼다. 어쩌면 비밀정보부 요원이거나 청부살인을 맡아 하는 킬러인지도 몰랐다.

문득 그쪽에서는 나에 대해 어떤 상상을 하고 있을지가 궁금했다. 한겨울 해수욕장 장사꾼한테나 어울리는 이 펑퍼짐한 몸집만 보고서, 과연 네 살부터 열두 살까지 잘나가는 인기 아역배우였던 사람을 떠올릴 수 있었을까? 아니면 늘 수심 깊은 놈팡이

---

* 무릎까지 오는 반바지.

8

로 전락한 지금의 모습만을 보았을까?

그는 한 번도 뒤돌아보지 않았다. 어쩌면 벌써 나라는 사람을 잊었는지도 몰랐다. 그가 탄 곤돌라가 교각 아래로 사라지자, 나는 그가 그 정도로 지나치고 말 사람이라 생각해버렸다.

삶의 경주를 거의 다 마치고 이제 미망에서 벗어난 그 사내, 나보다 나이가 배는 많은데다 똑같은 부류의 여자로 인해 가슴이 부서져버린 그가 앞으로 내 운명을 뒤흔들 거라고는 미처 예상하지 못했다.

곤돌라 사공이 나를 데려다준 호텔은 건물 정면을 가린 가설 덮개에 옛날의 멀쩡했던 모습이 그려져 있을 뿐, 사실상 일종의 폐가나 다름없었다. 인터넷에서 "대운하로부터 떨어져 있는 매혹적인 소형 수로"라고 선전하던 것도 실은 그냥 뻥 뚫린 하수도다. 하긴, 투덜대봤자 무슨 소용이겠는가, 어차피 공짜 여행인 것을.

프런트의 여직원은 이탈리아식 프랑스어를 러시아어 억양에 실어 말하고 있다. 세계화가 따로 없다. 그녀는 내가 내민 여행 상품권을 찬찬히 뜯어보더니, 퀴즈 프로그램에서 1등 한 것을 축하하는가 하면 혼자 여행 온 것을 의아해한다. 아울러 미니바의 추가비용을 위해 내 신용카드를 긁는다.

"페르 파보레,* 사인 좀……"

십 년이 지난 지금까지도 이 말만 들으면 여전히 움찔하게 되다니 참 어이없는 노릇이다. 프랑스에선 계속되는 재방송 때문에 내 이름만 나오면 저절로 인상이 찌푸려지지만, 그나마 얼굴 알아보는 이가 더이상 없는 게 얼마나 다행인지 모른다.

"그라치에 밀레, 시뇨레.** 아, 그리고 실례지만 이 서류도 좀 작성해주시면 앞으로 더욱 편히 모시겠습니다."

"그거야 어렵지 않죠."

'직업'을 명기하는 칸에서 나는 늘 그랬듯 잠시 뜸을 들인다. 오늘은 뭐라고 적을 것인가? 조기 은퇴한 배우? 떠돌이 뮤지션? 휴업중인 제빵사? 사회적으로 무리 없이 나를 끼워넣기에는 공란이 그리 충분치 못하다. 차라리 '관광객' 정도로 써넣는 게 낫겠다.

사실 내가 생생한 삶의 현장에 뛰어들었던 건 내 나이 스물다섯 살이 된 지난 달 마흔여덟 시간뿐이었다. 삼일째 되는 날, 어

---

* '부탁합니다'라는 뜻의 이탈리아어.
** '대단히 감사합니다. 손님'이라는 뜻의 이탈리아어.

떤 자가 문을 활짝 열더니 단속반에서 나왔다며 한다는 얘기가, 초콜릿 에클레르에 상품명을 명시하지 않은 채 가격표를 꽂아놨기 때문에 400유로를 물어야 된다는 거였다. 처음에는 누가 장난하는 줄 알고 대차게 웃음부터 터뜨렸지만, 그자는 또다시 카운터 뒤쪽에 진열해놓은 빵들 가격표 위치가 법적으로는 바닥에서 2미터를 넘지 않도록 되어 있다며 벌금을 두 배로 올리는 것이었다. 하는 수 없이 나는 내 키가 192센티미터이며, 가격표를 규정보다 높이 단 이유는 그 앞에 내가 서 있을 경우 손님이 가격표를 볼 수 없기 때문이라고 일일이 설명해주었다. 카운터에서 일을 보기 때문에 내가 항상 그 앞에 붙어 있어야 하니 어쩔 수 없는 노릇이라고 말이다.

한데 정상적인 고객 봉사에 치중했을 뿐이라고 말하려는 나를 매몰차게 제지한 뒤, 이번에는 냉장고 온도를 측정해야겠다며 생떼를 부렸다. 마침 카운터 지킬 사람이 나 혼자뿐이었기에, 나는 사장님이 계실 때 다시 한번 들르는 게 어떻겠냐고 말해보았다. 그가 자기가 할 일이 이것뿐인 줄 아느냐고 하기에, 그건 나 역시 마찬가지라고 응수했다. 그러자 그는 다시 자를 들이대, 내가 '베이컨 빵 제조용'이라고 표시해둔 작은 자의 길이가 정확히 17센티미터인지 재보고는, 갑자기 쾌재를 부르며 몸까지 부르르

떠는 것이었다. 정확히 6밀리미터가 모자랐다. 말하자면 브뤼셀의 규정에 맞지 않았다. 단속반원은 마치 연쇄 강간범처럼 입을 비죽거리면서 웃더니, 뭐 떠벌릴 일은 아니지만 결국 내가 옴짝달싹 못하게 되었다며 이죽거렸다. 그러고는 곧장 빵 하나를 집어들어 입안에 홀랑 털어넣었는데, 그건 앞으로 내 꼴이 어찌될지 두 눈으로 똑똑히 보라는 경고 같았다.

한 시간 후 나는 해고당했지만, 사실 그 자체가 그리 심각한 문제는 아니었다. 어차피 내가 취득한 제빵사 자격증은 밥벌이가 되는 진짜 일자리, 즉 제빵업에 종사한다는 조건하에 음악 공부를 용인한 아버지를 안심시켜드리기 위한 미봉책이었을 뿐이니 말이다. 한데 작년에 아버지가 돌아가셨으니, 나 하나 실직자 돼버린 일로 마음 쓸 사람은 이제 아무도 없었다. 물론 나 또한 아쉬울 것 없고 말이다.

그날 저녁 나는 '프랑스 뮈지크'의 퀴즈 프로그램 우승 덕분에 가게 된 여행 계획도 세울 겸, 캉디스를 초대해 탈리아텔레*를 대접했다. 내 생애 마지막 행운의 주말이 될 이번 여행에서 지구상 최고로 낭만적인 도시에 머물며 그녀에게 깜짝 프러포즈를 할

---

* 파스타의 한 종류로, 모양이 칼국수처럼 길고 납작하다.

참이었다. 다소 상투적이라도 할 수 없었다. 효과만 있으면 되니까. 그런데 파스타를 요리하다 말고, 그녀 말마따나 나의 과격한 성향이 문제가 되어 둘 사이에 말다툼이 빚어지고 말았다. 내가 그만 낮에 있었던 일을 털어놓은 것이 화근이었다.

그리고 삼 주가 지난 지금, 나는 베네치아의 어느 허니문 스위트룸에서 아스티 스푸만테* 한 병과 잔 두 개, 킹사이즈 침대 하나와 줄을 직직 그어버린 우편엽서 한 장을 앞에 놓고 홀로 우두커니 앉아 있는 것이다. 마지막 순간까지도 나는 그녀가 나타나 나와 함께 비행기에 탑승해주기를 고대했었다.


내 사랑,

나 잘 도착했어. 비행기는 한 시간밖에 연착하지 않았고, 공항에서 나오자마자 소형 증기선을 잡아타고 곤돌라 승강장까지 함수호를 건너왔지. 꿈같은 날씨에 호텔까지 으리으리해. 당신이 있었다면 정말 좋아했을 거야.

당신이 무척 보고 싶지만, 난 마치 당신이 곁에 있는 것처럼 행동하고 있어. 그래서 당신을 데리고 산마르코 광장과 리도

---

* 이탈리아 남부 피에몬테 아스티 지역의 스파클링 와인.

섬을 구경한 다음, 구겐하임 미술관을 둘러보려고 해. 당신이 우리 둘을 위해 준비한 코스를 그대로 따를 거야. 내가 베네치아를 두 사람 몫으로 구경하다보면, 우린 어느새 함께하는 셈이 될 테니까 말이야. 내 영혼 다 바쳐서 당신을 사랑해. 내 마음, 내 몸 다 바쳐서 당신을 사랑한다고. 그 강도가 갈수록 심해지고 있어. 작년에 그랬던 것처럼, 우리가 다시 만나기를 내가 얼마나 바라는지 과연 당신이 알까.

신혼의 밤을 위해 장미 꽃잎들을 깔아놓은 대형 침대 위로 벌렁 나자빠져 나는 어느새 곯아떨어지고 만다. 얼마나 지났을까, 매트리스 한쪽 끝에서 검은색 줄무늬 잠옷 차림으로 퍼뜩 정신이 든다. 볼펜 뚜껑을 닫고 엽서를 다시 한번 읽어본 다음, 함께 잠자리를 하지 않은 이후 차마 보내지 못한 편지들을 한데 모아놓은 '캉디스'라는 문서철에 끼워넣는다.

나는 조소를 지으며 거울 속의 거만해 보이는 내 모습을 물끄러미 바라본다. 우리의 인연이 끝났다고는 도저히 인정할 수 없다. 나는 마조히스트도 아니고, 짐스러운 존재도 아니며, 시인도 아니다. 주체하기엔 좀 버거운 열정을 지닌, 그저 그런 보통 사람일 뿐이다. 그 열정으로 무얼 해볼 방도도 없고, 차라리 무시해버릴 담력도 없으며, 그렇다고 '딴 데 가서 알아볼 만큼' 나약하지도 않다. 그러니 이렇듯 제자리를 맴돌면서 굽이굽이 엮이는 우리의 추억을 곱씹다못해, 지난 행복이 현재를 물들여 결국 미래까지 넘보게 만드는 기막힌 망상에 젖고 마는 것이다. 참으로 어리석은 짓이지만, 달리 뾰족한 수가 없지 않은가? 캉디스가 솔직하게 말한 대로, 난 더이상 그녀에게 존재감이 없는 사람이다. 그렇게 일 년을 지내면서 덮어놓고 기다리고 있는 거다. 그녀는 내가 자기를 잊어주길 바라겠지만, 나는 기적이 일어나기를, 그녀가 내게 돌아오기를 기다리고 있다. 그녀는 그녀 말대로 지금 아주 편하게 잘 지내는 반면, 나는 그녀가 변하기만을 기다린다. 자기를 가만 내버려두는 나에게 고마워하고 있지만, 나는 그런 그녀를 더는 두고 보지 못하게 된 거다.

물론 그녀가 옳다. 실제로 나는 그녀를 탓할 이유가 아무것도 없다. 자상한 그녀는 내가 자기 없이도 잘 지내게끔 최선을 다하고 있다. 자기가 나의 질병인데 나에게 의사 행세를 하는 격이다. 이제 내게는 후회도, 분노도, 자존심도 없다. 그냥 무턱대고 기다릴 뿐이라는 것을 나도 잘 안다. 그녀 입장에서야 인생의 환한 빛 속에 아무 쓸모 없는 등불일지언정, 나로서는 그 등불을 끈다는 것은 곧 죽음을 의미한다.

까짓것, 좋다. 나는 샤워를 한 뒤, 아르크패션 사社의 멋지고 캐주얼한 리넨 정장, 즉 그녀가 특별히 맘에 들어하는 옷을 입는다. 그리고 프런트에서 우산을 하나 빌려 안개비가 내리는 가운데 혼자서 밀월여행길에 나선다.

이십 분 전부터 나는 불이 켜진 두 개의 창문을, 그 너머에 무엇이 있는지 궁금해하면서 응시하고 있다. 이런 감정이 화가의 재능 때문인지, 캉디스의 취향 때문인지, 과연 어디에서 기인하는 것인지 알 수가 없다. 그 쓸쓸한 그림에 굉장히 끌리고 있다는 것만 느낄 뿐이다. 자칫 그림이 내게 말을 하는 것처럼 보일지도 모르나, 사실은 그게 아니라, 그림이 내게 귀를 기울이고 있는 느낌이다. 나를 이해하는 느낌. 마치 삶의 텅 빈 공허가 나로 하여금 이 인적 드문 구석의 그림 속에 닻을 내리게 만든 것 같다. 나무들 위로 대낮처럼 밝은 하늘이 펼쳐진 가운데, 난데없는 황혼의 기운이 건물 전체를 감싸고 있는 저 집안에 말이다.

작품 제목은 〈빛의 제국〉이다. 르네 마그리트가 그린 195×131 사이즈의 유화. 설명문에는 그림이 1953년에서 1954년 사이에 그려졌다고 되어 있는데, 화가가 그 기간 전체를 이 그림에 쏟아부었다 해도 별로 놀랄 일은 아닌 것 같다. 바라볼수록 빠져드는 느낌을 도무지 떨칠 수가 없는 것이다. 세 개의 광원―가로등과 건물 2층의 창문 두 개―에서 뿜어져나오는 차가운 고요가 나를 매료시키면서 잔뜩 주눅들게 만든다. 왠지 그림 속에서 누가 나를 바라보고, 감시하고, 또 기다리는 것 같다. 웃기는 얘기지만, 그림 뒤에서 캉디스의 존재가 느껴지기도 한다. 마치 어둠이 내릴 즈음 길거리 쓰레기통 뒤에 잠복한 채, 집에 그녀가 혼자 있는지, 잘 있는지, 내가 지켜본다는 걸 알고 있는지 그녀를 몰래 살피는 것 같다……

이번 주말용 여행권을 획득했다는 사실을 알리자, 그녀는 옛날 내 품에 안겨 있을 때처럼 얼굴이 환해졌다. 그녀에게 베네치아는 사육제도, 곤돌라도, '탄식의 다리'도 아니었다. 오로지 〈빛의 제국〉을 볼 수 있는 곳이었다. 그녀는 그 그림을 워낙 좋아해서 자기 방에 복제품을 걸어둘 정도지만 '진품'은 한 번도 본 적이 없었다. 크리스마스 장식용 방울만한, 광채 영롱한 두 눈을 반짝이며 그녀는 "나도 데려갈 거지?" 하고 물었다. 나는 머저리

처럼 이렇게 대답했다. "그렇다고 다른 흑심이 있는 건 아니야."
내 딴엔 상황에 편승한다는 티를 내지 않으려고 그랬던 건데, 그
녀는 금세 실망한 것처럼 보였다. 내가 유별나게 똑똑한 사람이
아니라는 건 나도 잘 안다. 하지만 사랑은, 아무리 섬세하게 이
해하려 해도, 나를 유독 바보로 만드는 것만은 분명하다.

　　그녀는 내 등을 가볍게 쓰다듬으며 중얼거렸다. "이렇게 하면
어떨까…… 우리가 산마르코 대성당에서 방금 만난 것처럼 하
는 거야. 거기서 마음이 통해 당신이 먼저 리도 섬에 가서 한잔
하자고 내게 제안하는 거지. 이왕이면 비스콘티가 〈베네치아에
서의 죽음〉을 찍었던 고색창연한 데뱅 호텔에서 말이야. 그런 다
음 내가 당신을 구겐하임 미술관으로 데려가고, 함께 나의 마그
리트를 감상하자." 그러더니, 눈을 슬쩍 흘기며 이렇게 덧붙였
다. "뭔가가 다시 불붙을지는 그때 가서 두고 보자고." 그녀는
내 가슴속 불꽃을 아주 잘 다룰 줄 알았다…… 그런데도 나는
여전히 그것이 그녀 자신의 열정을 되살리려는 희망에서 나온
발언이라고 애써 믿으려 했다. 그러나 내 마음 깊숙한 곳에서는
그녀가 자칭 '우리 관계의 진화'라 부르는 추이, 즉 성적 열정에
뒤이은 지금의 이 어린애 같은 우정 관계 안에서 완벽히 흡족해
한다는 걸 이미 깨닫고 있었다. 그리고 이와 같은 퇴행은 그녀에

게 막다른 길이나 다름없었다.

나는 산마르코 광장으로 갔다. 일반인의 출입이 통제된 대성당은 커피머신이 인쇄된 가설 덮개로 전면 차단되어 있고, 꼭대기의 종루마저 네스프레소 II의 월드 론칭을 기념하는 조지 클루니의 거대한 얼굴로 철저히 가려져 있었다. 호텔은, 그곳 역시 보수공사 때문에 문을 닫은 상태였다. 이제 남은 행선지는 미술관뿐이었다.


주위에서 관람객들의 소음이 더이상 들리지 않고, 그들의 존재가 더는 느껴지지 않는다. 마그리트의 그림에 완전히 정신이 팔린 나머지, 나는 마치 거미줄에 붙잡혀 옴짝달싹 못하는 상태 같다. 저런 집에서 당신이랑 같이 살면 얼마나 좋을까. 저 모든 텅 빈 방들 가운데 우리의 두 창문만 밝게 빛나고 있지 않은가. 저렇게 외진 곳 적막 속에서 호젓하게—사 년 전, 우리 아버지가 만든 크루아상을 당신 가족 별장까지 배달하러 갔던 그 일요일 아침처럼. 당신 가족은 그때 미사에 가서 별장에 없었고, 늙은 요리사만 남아 닭 내장을 발라내고 있었어. 당신 몫은 내가 가지고 올라가겠다고 했었지. 당신은 다리가 부러져 이 주 전부터 3층 자기 방에 틀어박혀 있었거든. 수상스키를 타다 사고가 난 거였지.

올라가보니 당신은 이제 막 욕실에서 나오고 있었어. 학교 친구들이 잔뜩 낙서를 휘갈긴 깁스 위로 희부연 빛깔의 네글리제를 걸친 모습이었지. 힘겹게 목발을 짚느라 왼쪽 어깨끈이 미끄러져내려와 있었고. 아파하는 당신의 아름다움은 마편초와 장뇌향기 그윽한 그 라일락빛 방안의 어스름한 분위기 속에서 나를 더욱 소심하게 만들었지. 나는 크루아상을 가져왔다고 조심스레 얘기했어. 당신은 화덕에서 방금 꺼낸 것 같다고 말했지. 나야 당장 여부가 있겠느냐며, 정지 신호를 세 개나 무시하고 달려왔다고 대답했고. 당신은 내 앞으로 다가오더니, 목발을 내던지고 대신 내 팔에 안겼어. 우리 둘 중 누가 먼저 키스를 했는지는 기억나지 않아. 사실 우린 오래전부터 디스코텍 '미키 클럽'에 드나들며 서로 가까이 지내게 되었지. 전도유망한 배우였다는 나의 경력에 당신은 일단 혹했고, 나 역시 사람들의 망각 속에 묻혀가며 당신에게 환상을 품기 시작했지. 텔레비전 연속극의 몰락한 주인공은 이제 아버지 빵가게에서 배달원 노릇을 하고 있고, 들라트르 박사네 셋째 딸께선 의대 과정을 마무리하는 중이었으니 말이야. 입학 후 팔 년 차인 당신이 하루라도 빨리 적극적인 인생 도전에 뛰어들려고 안달하는 입장이었다면, 당신보다 네 살 아래인 나는 지난 경력으로 근근이 버티는 처지였다고나 할까.

비 내리는 그 일요일 부연 대기 속에서, 우리의 서로 다른 점들은 결국 우리 자신을 위해 선의의 작용을 했던 거야. 다급하고 초조한 당신의 태도가 체념과 포기에 길든 나의 자세에 자연스레 융합되었는가 하면, 당신의 금발 웨이브는 나의 군대식 까까머리에, 당신의 싱싱하고 풍만한 몸집은 나의 밋밋 빳빳한 몸매에 절묘하게 어우러져, 서로 대조적인 그 모든 점들이 부득이 미사 시간 동안에 맞춰 조율된 둘만의 포옹 속으로 녹아들어갔던 거야.

그럼에도 당신은 여유롭게 세 차례나 절정을 맛보았지. 덕분에 나는 당신 다리 깁스에 내 오른쪽 허벅지를 피가 나도록 문질러댔고 말이야. 기분이 뽕간 상태로 방을 나오기 전, 나는 깁스의 딱 한 군데 남은 여백에 제법 조신한 사랑의 선서 한마디 휘갈기는 것을 잊지 않았어. 당신은 살짝 수줍은 듯 애교 섞인 목소리로 내게 이렇게 속삭였지. "저기 말이야, 나랑 할 땐 굳이 여기다 사인까지 할 필요 없어……" 나의 홍조 띤 얼굴은 곧 우리 사이의 암묵적 관계에 인장을 찍는 것과 같은 의미였어. 다시 말해 그후 삼 년간 내게 날개를 달아준, 육체와 미소로 이루어진 일종의 협정이라고나 할까. 비록 오늘에 와서는 그 모든 걸 항우울제로 대체한 상태이긴 하지만 말이야……

"키우소, 시뇨레.*"

라일락 색조의 방이 내가 응시하고 있는 창문 두 개의 주황빛 틀 안으로 어느새 사라져버린다. 전시실 밖으로 사람들을 내보내는 날카로운 벨소리가 차츰차츰 내 의식 속으로 침범해 들어온다. 천장에 달린 조명등마저 자꾸 깜박거리면서 관람객들을 몰아내는 데 박차를 가하고 있다. 나는 나가고 싶지 않다. 더구나 나는 꼼짝할 수가 없는 상태다. 창문에서 스며나오는 부드러운 광채가 고맙게도 나를 붙들고 놔주질 않는 것이다. 나는 이 그림 속에서 정말 좋았다. 캉디스와 함께한 첫 일요일을 거기서 되찾았고, 그녀 없는 내 인생의 무거움을 훌쩍 벗어던졌고, 그녀의 깃털 이불 속에서 미적대는 가운데 시간은 더이상 문제되지 않는다.

나는 화들짝 놀란다. 내 눈앞에서 주황색 불빛들이 감쪽같이 사라져버린 것이다. 잔뜩 의아해하면서 나는 집 앞으로 바짝 다

---

* 이탈리아어로 '폐관 시간입니다, 손님'이라는 뜻.

가갔다가 뒤로 물러나는가 하면, 두 창문 사이를 가른 나무 뒤를 살피려는 듯 왼쪽으로 슬금슬금 옆걸음질도 쳐본다. 가슴이 뛰고, 입은 마르고…… 나는 방금 중앙스위치를 끈 경비원을 돌아보며 이렇게 더듬댄다.

"저, 실례지만…… 그림에 불이 꺼졌는데요."

"시간 다 됐습니다, 손님. 문을 닫아야 해요." 경비원은 온화한 미소를 지으며 내게 프랑스어로 대답한다.

그는 옆방의 스위치까지 절룩거리는 걸음걸이로 멀어져간다.

나는 다시 그림 쪽으로 몸을 돌려, 이번에는 액자 뒤를 엿보기 위해 한쪽 눈을 갖다대본다. 액자가 벽에 너무 바짝 달라붙어 있다. 이러면 조명 시스템을 가늠할 수 있는 방법이 없다. 어쨌든 잘 고안된 것 같긴 하다. 나는 다시 그림 정중앙으로 돌아와 창문들 중 하나에 코를 바싹 들이댄다. 그러고 보니, 이제는 창문이 청회색이다. 주황색 색조는 더이상 눈곱만큼도 찾아볼 수가 없다.

이런 일이 어떻게 기술적으로 가능한지 궁금하다. 안내책자에 쓰인 말이 옳다. 마그리트는 천재였던 것이다. 아니면 이 절묘한 조명장치를 설치한, 기상천외한 발상으로 유명한 폐기 구겐하임을 천재라 불러야 할까. 남아 있는 몇몇 가구들로 미루어 나는 아직 미술관으로 바뀌기 전의 이 베네치아 호화 저택의 모습을 머릿속에 그려본다. 거창한 식탁을 둘러싼 친밀한 만찬 분위기, 총애하는 화가들을 불러다 실컷 대접하는 억만장자 문예애호가, 그러는 가운데 결국, 소장중인 마그리트 작품을 통한 지금과 같은 소등 신호가 있었을 터…… 마치 사랑의 약호처럼 말이다. 내가 적잖이 놀란 건, 가로등만큼은 불이 켜진 그대로라는 사실이다. 하긴, 어떻게 보면 논리적이라고 할 수도 있겠다. 잠자러 들어가더라도 공공장소의 조명까지 끄지는 않는 법이니까.

나는 대운하를 향해 난 철제 유리문 쪽으로 다가간다. 떠나기전, 캉디스 말로는 이 미술관에 지금의 명성을 가져다준 또다른 예술작품을 구경해야 했다. 다름 아닌 조각가 마리노 마리니의 붙였다 떼었다 할 수 있는 남근男根. 수로의 썩은 물이 찰랑이는 테라스 한복판에, 청동 기마상이 지는 햇살을 받아 빛을 발하고 있다. 말의 시선은 다니엘리 호텔을 향하고 있고, 그 위에 올라탄 벌거벗은 기사의 발기한 남근은 아카데미아 미술관 방향으로 뻗어 있다. 모름지기 종교 축일을 즈음해 교회 고위 성직자들의 방문이 이어지면, 페기 구겐하임이 직접 나서서 슬그머니 그걸 돌려 다른 곳에 빼놓곤 했을 터이다. 나는 그 골치 아픈 물건을 살짝 그러쥐고는, 양쪽 방향으로 이리저리 돌려본다. 필시 도난을 우려해, 이제는 나사 부분을 아예 접착제로 붙여버린 게 분명하다.

캉디스에게 이런 상황을 낱낱이 보고할 것이다. 비록 그녀는 언제부터인가 야한 농담엔 담을 쌓고 있지만, 나는 그런 얘기를 하면서 활짝 웃는 그녀의 모습을 너무나 보고 싶다. 유머는 우리가 공유하기 가장 힘든 것 중 하나다. 그 점이 항상 가슴 아프지만, 한번 시도해볼 생각이다. 그녀를 영영 잃어버리지 않기 위해 나는 무엇이든 가리지 않고 해볼 작정이다. 그것은 이제 내가 살아야 할 유일한 이유가 되어버렸다. 그녀 이전에도 많은 여자들을 만나보았고, 비교할 대상도 얼마든지 있으나, 결코 나의 선택을 번복하지 않을 것이다. 그 여자 아니면 아무것도 필요 없다. 그러는 게 나에게도 이득이다. 나는 어머니가 입만 열면 떠들듯, 인생을 아주 망치고 있는 건 아니다. 오히려 그 반대다. 시험 삼아 다른 여자와 자보기도 했지만, 그때야말로 정말 내가 불행하다고 느꼈다. 나는 원래 조신한 사람이지만, 일부러 그런 척하는 건 질색이다. 더구나 과거에 배우로 활동한 경력도 있고 해서 무엇이든 '척하는' 걸 워낙 잘하는데다 내가 진지한 줄로 철석같이 믿었던 단역 여배우들을 떼어내는 데 한참 고생한 경험이 있었기 때문이다.

경비원이 피자가게에서나 들을 수 있는 프랑스어 억양으로 나를 부른다. 출구는 반대쪽이란다. 설마 내가 여기서 헤엄쳐서 나가기라도 할까봐. 나는 시간을 좀 벌 겸, 미술관이 정말 매혹적이라는 둥 뜬금없는 칭찬을 늘어놓는다. 그는 나를 안쪽으로 다시 데려가더니, 이 하얀 '팔라초'*는 원래대로라면 베네치아에서 가장 높은 건물이 되었을 거라며 이야기를 늘어놓는다. 그런데 기초공사 때부터 인근 주거지의 함몰을 불러오는 바람에 이웃 주민들의 탄원이 빗발쳤고, 결국 지금처럼 단층 건물로 축소되었다는 것이다. 즉 2층 바닥이어야 할 곳이 현재의 지붕 겸 옥상이 된 셈이다. 지나가다가 또다시 〈빛의 제국〉을 흘끔 건너다보려고 했는데, 아뿔싸, 이미 방이 폐쇄되어 있다. 경비원은 문 앞에 선 채 열정적으로 악수를 청하면서 언제든 다시 오라고 말한다. 하지만 나는 더이상 돈이 없다. 그의 얼굴이 어둠 속으로 물러나면서 문이 철커덩 닫힘과 동시에 유리가 온통 우르르 떤다.

소나무들과 경쟁하듯 돋아난 재스민과 인동덩굴의 몽롱한 향기를 맡으며, 나는 적막한 정원을 가로질러 걷는다. 덤불 사이의 무덤 하나가 눈길을 끈다. 가지를 젖히고 묘석에 새겨진 이름들

---

* 이탈리아어로 '궁전'이라는 뜻.

을 읽는다. 페기 구겐하임이 자기 애견들과 나란히 그 대리석 아래에 묻혀 있다. 신기하게도 처음 몇 마리는 수명이 불과 십여 개월을 넘지 못했고, 그다음에는 대략 십오 년 안팎이었다. 그 이유가 궁금하다. 보살핌이 모자랐다가 차츰 애정이 증가했거나, 아니면 종種이 달라졌기 때문일까? 나는 저 철책 너머 이 연인의 도시에서 텅 빈 저녁 시간을 홀로 보내야만 할 상황을 어떻게든 뒤로 늦추기 위해, 그 무엇이든, 어떤 하찮은 상념이든 악착같이 붙들고 늘어진다.

휴대전화 벨소리가 울린 건 바로 그때였다. 화면에 뜬 '발신자 정보 없음'이라는 문구가 내 가슴을 뛰게 했다. 서로 떨어져 지내면서부터 그녀는 자기 전화번호를 감춰왔다. 그 자체가 일종의 거리를 두는 방법이었던 셈. 마찬가지로, 그때부터 그녀는 전화에 대고 "나야" 하는 대신 "캉디스야"라고 말했다. 그런데 이번 전화는 그녀에게서 온 것이 아니었다.

"제레미 렉스 씨이십니까? 안녕하세요, 저는 필리프 네케르라고 합니다. 곤돌라 사고 때 뵈었죠. 실은 밤이 될 때까지 한 시간 정도 죽여야 할 상황이라서요. 저처럼 이런 일을 하다보면 어쩔 수 없죠. 저 지금 '해리스 바'에 와 있는데, 어디쯤인지 아시겠습니까?"

나는 가지고 있는 여행 안내책자를 뒤적여보았다. 그 사람 말투가 왠지 이상했다. 나와 함께하고자 하는 마음은 진지한 듯했으나, 살짝 긴장한 것처럼 칼칼한 느낌이었다. 그가 '이런 일'이라고 부른 것에 대해 이런저런 궁금증이 맴돌았다. 어떤 직업이기에 굳이 밤이 되기를 기다려야 한단 말인가? 만약 그가 시간 말고 다른 '죽여야 할' 것이 있어서 이곳 베네치아에 온 거라면, 그건 곧 그가 적외선 조준기를 가지고 일을 하는 자라는 의미일 것이다. 나도 모르게 어느새 내 입가엔 미소가 번져나왔다. 아마도 그가 나를 알리바이로 활용하려는 모양이었다. 그러지 않아도 서늘한 우수가 몸속 곳곳 사무치는데다, 석양 아래 그림자를 길게 늘이는 이 썰렁한 정원 안에 우두커니 선 채 그런 가정을 하는 것이 나는 왠지 불편하지 않았다. 오히려 그 반대였다. 뭔지 모르지만 비밀스러운 역할을 담당한다고 생각하자, 몸이 후끈 달아올랐다.

    각종 여행 안내책자에서 그토록 호들갑스레 떠벌리고 있는 저
유명한 베네치아 해리스 바의 전설 벨리니 칵테일은 사실 알고
보니 거품 많은 포도주에 복숭아 시럽을 살짝 섞은 것에 불과했
다. 달콤하면서도 밋밋한 맛이 은근히 정신을 끈적끈적하게 하
면서 취하게 만드는데, 내가 싫어하는 모든 걸 갖춘 셈이다. 해
리스 바로 말하자면 헤밍웨이와 그 무리들이 진을 쳤다는 전설
적인 아지트로서, 그저 살짝 걸터앉을 수 있는 나무 걸상 하나
차지하려고 만국어의 소용돌이 속에 땀 삐질삐질 흘려가며 한
시간은 족히 줄을 서서 기다려야 할 만큼 사람들로 북적대는 소
굴이다. 그러고 나서야 비로소 "나 거기 가봤다"고 말할 수 있는

데, 그 자체가 목적이니 문제다.

"사진 가지고 있나요?"

나는 휴대전화 버튼을 이리저리 눌러, 내 일요 사진 앨범 메뉴에 저장된 것들 중 그나마 노출이 덜한 캉디스의 사진을 고른다. 막 사랑을 나누고 난 뒤의 모습인데, 체크무늬 깃털 이불에 나른한 자세로 누워, 겨자색과 낙엽 빛깔의 중간이랄까, 눈동자하고도 비슷한 색깔의 붉은빛 감도는 금발 머리채에 한쪽 손을 묻고 있다. 눈빛 속에는 환희와 고요, 확신이 한데 뭉쳐 빛나고 있다…… 그토록 영원을 기약했건만! 나는 아직도 우리의 미래가 물건너갔다고는 믿지를 못하겠다. 휴대폰 속 그녀의 모습을 바라볼 때마다, 나는 새로운 시제를 내 멋대로 만들어낸다. 이번에는 전前현재다.

"아주 예쁘군요. 나는 이것밖에 없습니다."

필리프 네케르는 음울한 어조로 그렇게 말하면서, 얼굴 없는 어떤 여자와 부둥켜안고 있는 사진 한 장을 내민다. 가위로 동그랗게 오려낸 것이다.

"마리루이즈라는 여자입니다. 내가 함께 떠난 여자가 마리루이즈를 내 인생에서 깡그리 지워버리길 원했죠. 그러더니, 언제 그랬냐는 듯 나를 헌신짝처럼 버리고 다른 남자한테 가버리더군

32

요. 마리루이즈는 죽었습니다. 애당초 그 여자를 떠나는 게 아니었어요. 이제 내 곁에는 아무도 없답니다. 제대로 된 사진 한 장 남아 있지 않아요."

왠지 안쓰러운 기분이 든다. 뿐만 아니라, 어느 것이 더 나쁜 상황인지도 알 수가 없다. 이미 저세상으로 간 여자의 얼굴을 떠올리기 위해 기억을 쥐어짜야만 하는 그의 상황인가, 멀쩡히 살아 있지만 나 싫다는 여자와의 아름다운 추억을 가슴에 묻은 채 사십팔 시간 정처 없이 헤매고 다니는 나의 상황인가.

그는 사진을 다시 주머니 속에 넣고는, 잔뜩 풀죽은 태도로 묻는다.

"그녀를 다시 만날 건가요?"

내가 고개를 절레절레 흔들면서 휴대폰을 끄자, 언뜻 기대에 찬 눈치로 그가 묻는다.

"여자가 변심했나보죠?"

나는 그냥 아니라고만 대꾸하는데, 실은 그게 문제다. 우리가 헤어지고 나서 그녀가 못생겨졌다면, 내 마음이 조금이나마 편했을 것이다. 최소한 내가 지금 느끼는 감정을 적절하게 제어할 수 있었을 것이다. 날선 비난과 예리한 비평 정신에 기댔을지도 모른다. 그러나 실상은 그녀가 지닌 중독성을 탓할 처지가 못 된다. 없으면 괴로운 쪽은 바로 나이니 말이다. 막상 그녀가 앞에 나타나도 더이상 할 얘기가 없다. 내 머릿속을 온통 차지하고 있는 모든 것이 그녀에게는 이미 생소해졌을 테니까. 간혹 내가 그녀한테 금단증상을 이야기하면, 그녀는 내적 발전을 독려하는 말들로 응수한다.

"제레미, 우리 사이엔 섹스 말고는 변한 게 아무것도 없어." 그녀는 양심에 거리낌이 없는 만큼 단호한 어조로 툭하면 그렇게 내뱉는다.

사실 그녀를 담당하는 정신분석의의 잘못이 크다. 그녀로 하여금 아기였을 적에 누군가 자신을 유린했다고 믿게 만든 것이다. 그뒤로 그녀의 성욕은 캄캄한 무의식 속에서 깨끗이 사라지고 없는 상태다. 그렇다고 내가 그놈의 정신분석의의 면상을 후려갈겨 문제를 해결하려는 것은 아니다. 그녀의 그릇된 생각을 떨쳐내주기 위해, 그리고 그 강간 운운한 것이 사실일지언정 그녀를 안심시키기 위해 나는 할 수 있는 모든 노력을 다했다. 사랑과 온유, 이해의 힘으로 나 혼자 인류를 대신해 속죄라도 하고 싶은 마음이었다. 하지만 나 역시 일개 남자인 것만은 분명하다. 나 나름의 충동이 있고, 욕구가 있으며, 한계를 가지고 있다. 심지어 나는 그녀가 나 말고 다른 남자를 만난 거라고도 생각했다.

그렇게 말하면 그녀는 늘 이런 식으로 대꾸했다. "차라리 그런 거였으면." 눈에 눈물까지 글썽이는 그 모습이 어찌나 진지한지, 나는 차라리 그녀가 나를 엿먹이는 거라면 좋겠다 싶기도 했다.

"당신이 부럽군요." 필리프 네케르가 중얼거린다.

눈썹을 씰룩이며 의아해하는 내 표정을 보더니, 그가 곧바로 말을 잇는다.

"적어도 당신은 살아 있는 무언가를 느끼는 것 아닙니까. 긴장감이 있지요. 일종의 갈등이라고나 할까. 내 경우는 완전히 핵겨울입니다. 아무튼 얘기 계속해주십시오. 왠지 듣고만 있어도 기분이 좋군요."

나는 예의상 잠시 뜸을 들인다. 사실 이렇게까지 우울한 사람은 만나본 적이 없다. 어떤 의미로는, 나 역시 기분이 좀 나아진다. 내가 바닥을 짚었다고 생각했는데, 나보다 더 아래로 추락한 사람을 만난 셈이니 말이다. 은밀한 킬러인 줄 알았던 이 사내는 과연 치명적인, 그러나 전혀 동기를 가늠할 수 없는 우수의 분위기를 마냥 퍼뜨리고 있다.

"암요, 당신이 부럽고말고요. 당신에게는 확신이 있다는 게 역력히 보여요." 잠시 후, 그가 똑같은 말을 되풀이한다.

나는 입을 비죽 내밀어 보이며 슬그머니 묘한 뉘앙스를 내비친다. 서로를 상쇄하는 모순된 의혹들을 통틀어 그가 '확신'이라고 부른다면야 나로서도 굳이 마다할 것 없겠지만, 그게 아니라면…… 지금 캉디스의 변한 모습을 지극히 객관적인 시각으로 바라볼 경우, 내가 왜 그녀를 사랑하는지 나 자신도 더이상 이해가 되지 않는다. 그렇게도 열정적이고 웃음 많던 여자가 도무지 속을 알 수 없고 맥없이 뻣뻣하기만 한 사람으로 탈바꿈한 것이다. 유리로 된 미녀라고나 할까. 정신의 피사체, 정교한 세밀화를 대하는 느낌이다. 그녀 특유의 육감적인 광휘에서 이제 남은 거라곤 겉만 번지르르한 외모와 애써 다듬은 광택, 철두철미하게 방어적인 마스크에 곁들인 어설픈 미소가 전부다. 그녀는 나에 대한 모든 느낌을 고스란히 간직하고 있다 장담하지만, 모르긴 해도 죄다 냉동 저장 상태일 것이다. 나는 냉장고와 사랑에 빠진 것이고, 그 굳게 닫힌 문 앞에서 굶주림에 허덕이며 죽어가고 있는 셈이다.

그는 내 말의 여운에 고개를 끄덕이는 것으로 화답한다. 내가 이렇게 누군가를 앞에 앉혀놓고 속내를 털어놓는 것은 이번이 처음이다.

"당신도 소위 '자살 우려자'로군요." 그가 환해진 얼굴로 말한다.

나는 양팔을 펼쳐 체념한 듯한 제스처를 취한다. 나도 어쩔 수가 없다. 그녀가 나를 밀어낼수록 나는 더욱 그녀를 흠모하게 되는 것을. 우리의 육체에 불을 붙였던 폭죽은 이제 내 몸을 갉아먹는 암덩이가 되었지만, 나는 그것을 군말 없이 받아들이고 있다. 망각이라는 화학요법도 나는 거부한다. 절절히 사랑하는 대상을 그리다 죽는 것이 그저 그렇게 살아남는 것보다 훨씬 낫다. 그러니 이곳 아무 수로에나 풍덩 뛰어들어 끝장내버리지 못할 이유가 뭐란 말인가? 절망에 사로잡혀서가 아니다. 내 정신 상태는 명료하다. 나는 캉디스에게 모든 것을 걸었다. 우리 사이의 인연에 모든 걸 쏟아부었다. 그녀가 자기 방식대로 언제나 나를 사랑한다는 건 믿지만, 내가 죽으면 사랑은 그만큼 더 커질 거라고 생각한다. 살면서 대단한 것을 이루지는 못했을지언정, 완벽주의자가 되지 말라는 법은 없다.

필리프 네케르는 다분히 동병상련의 감정에서 내 말에 열심히 귀기울였다. 그는 마리루이즈가 부활절 휴가에 여행을 떠났다가 그만 눈사태에 휩쓸려 사망했다고 했다. 그에 비하면 그녀는 완벽한 여자였다. 그런 그녀를 십 년 내내 끊임없이 속이면서 새로운 가능성을 모색하다가, 결국 다른 여자들이 자신을 거들떠보지 않는다는 걸 깨닫고 나서야 뼈저린 후회를 하며 용서를 바라고 있는 것이다.

"죽은 사람이 우리의 얘기를 듣는다고 생각합니까?"

내가 당혹스러운 표정으로 묻자, 그는 한숨을 섞어 대답한다.

"슬프게도 그렇습니다. 하지만 그들이 대답을 하지는 않지요."

나는 그의 묘한 발언을, 눈물까지 글썽이게 만드는 실연의 슬픔 탓이려니 하고 넘겨버린다. 그는 벨리니를 두 잔 더 주문하고는, 마치 무덤에 돌 하나를 얹는 것처럼 침통한 표정으로 얘기를 이어간다.

"그녀는 나비 수집가였습니다. 정말 견딜 수 없는 건, 세계 각지에서 보내지는 나비 표본들이 지금도 여전히 내게 배달되고 있다는 사실입니다. 미처 이혼하지 않은 상태라, 법적 권리가 내게 그대로 잔존하는 거죠. 어찌해야 좋을지 모르겠습니다. 일주일만 지나면 표본에서 악취가 납니다. 그때 가서야 버리게 되죠. 당신 여자는 무슨 일을 합니까?"

"심장병 전문의입니다. 가업을 물려받았죠."

나는 가문 대대로 물려받은 진료실을 과감히 떨치고 나와 자기 자신의 날개로 날아볼 것을 독려했다는 말도 잊지 않는다. 요컨대, 섭조개의 치료 효과를 토대로 동업자 세 명이 아르카숑

만(灣) 쪽에 설립한 미틸리아 해수요법센터에 참여하는 방안 같은 것 말이다. 그건 재량권과 더불어 일도 그만큼 많아지는 걸 의미하며, 그런 과정 속에서 본인의 능력이 활짝 피어나기 마련이었다. 다만 그러다보면 다른 것에 신경쓸 시간은 더이상 주어지지 않을 텐데, 거기엔 나까지 포함되었다. 나는 그녀가 아버지의 반대를 무릅쓰고 자기 지분을 사들이는 걸 돕기 위해, 어린 시절부터 저축은행에 예금해온 내 배우 수당을 과감히 인출했다. 그녀는 나의 도움을 부담스러워했고, 이 년 안에 그 돈을 전부 갚으리라 결심했다. 솔직히 제대로 된 건 아무것도 없다. 적어도 내가 원한 건 단순한 성적 노리개의 입장을 벗어나 당당한 출자자가 되는 것이었는데, 지금 그녀는 나를 마치 단기 채권자처럼 보고 있으니 말이다.

"잠깐 나가서 담배나 한 대 피우죠."

그는 술을 다 들이켠 뒤, 임자 있는 자리라는 것과 술값 떼먹고 도망치는 것이 아님을 표시하기 위해 일부러 테이블에 안경을 놔둔 채 일어섰다. 함수호를 따라 이어진 보도로 걸어나가자마자 그는 후두암 말기 사진이 인쇄된 담뱃갑을 내밀며 나에게 묻는다.

"흡연자들이 제일 지긋지긋하게 여기는 게 뭔지 아십니까? 바로 '흡연은 사람을 죽입니다'라는 문구죠."

우리는 불붙인 담배를 입에 물고 난간에 기대선다. 그제야 비로소 나는 그의 직업을 묻기로 결심한다.

"연구가입니다."

나는 뒤이어 보충 설명이 있겠거니 하고 기다린다. 그는 섬 쪽의 시야를 가로막고 있는 거대한 여객선 앞에서 이리저리 오가는 소형 증기선들을 공허한 눈길로 말없이 바라만 본다.

"주로 밤에 일하시나보죠?"

"네, 그게 훨씬 나아서요. 설비를 갖춰놓고 나서 늘 한 시간 정도 자리를 비웁니다. 싱싱한 자료들을 챙기기 위해서죠."

워낙 맥없는 목소리라 나는 더이상 묻지 않기로 한다. 옛 해상무역 관세청 건물* 방향으로 눈을 돌리자, 낡고 거창한 궁전들과 아치형 교각들이 원근법으로 시야에 들어온다. 구름에서 막 벗어난 달이 이 영화映畵의 도시를 고스란히 담아낸 투시도에 빛을 비춘다. 내 생각이 잔뜩 쏠려 있는 마그리트의 건물에 비해 별로 현실적이지도, 그렇다고 매혹적이지도 않다.

"무슨 생각을 그리 하십니까, 렉스 씨?"

---

* Dogana da Mar, 지금은 현대미술 미술관으로 바뀌었다.

내 대답이 바로 나오지 않자, 그는 힘겹게 말을 이었다.

"그러고 보니 당신 성姓이 독일 셰퍼드 이름하고 똑같군요."

말하는 어조로 보아, 잃어버린 개 이야기를 하려는 눈치가 역력하다. 나는 그에게 혹시 마그리트를 아느냐고 물음으로써 얼른 화제를 돌린다. 그는 내 의도를 순순히 받아들여, 자신은 달리가 더 좋다고 대답한다. 나는 구겐하임 미술관에서 벌어진 사건, 즉 〈빛의 제국〉에 불이 꺼졌을 때 내가 얼마나 놀랐는지를 털어놓는다.

"불이 꺼지다뇨?"

"그렇다니까요. 왼쪽의 창문 두 개 말입니다. 거기에 모형 전기 기차처럼 소형 조명장치가 되어 있는 것 같더군요."

"좀 춥군요. 그만 들어갈까요?" 그는 눈썹을 찡긋하더니, 담배 꽁초를 물에 던지며 말한다.

엉거주춤 자리로 돌아와 새로 술을 주문한 뒤, 그는 딱하다는 표정으로 내 주장에 토를 단다.

"그림에 자잘한 장치를 다는 건 마그리트답지 않은 일인데요. 내가 알기로, 그는 물감 이외에 다른 걸 사용한 적이 없어요."

상대의 눈동자를 빤히 들여다보며 무척 완만한 말투를 구사하는 그의 어딘지 의학적인 태도가 나를 불편하게 만들고 있다. 뭐랄까, 비교적 다소곳한 정신이상자를 앞에 놓고 이야기하는 사람 같다고나 할까. 나는 혹시 그가 품을지 모를 수상쩍은 오해의 싹을 자르기 위해, 곧장 이렇게 정리한다.

"아니면 형광 물감을 사용한 건지도 모르죠. 미술관 조명을 끄면 색이 팍 죽어버린다든지, 뭐 그런 방법 말이에요."

"그래서 뭐하게요?"

나는 그야 난들 어떻게 알겠느냐는 식의 제스처로 얘기를 얼버무린다. 종업원이 우리 테이블에 잔 두 개를 내려놓고 앞선 여섯 개의 전표에 하나를 더 추가한 뒤, 언제 자리가 날까 안달하며 서 있는 사람들 틈을 이리저리 비집고 멀어져간다. 필리프 네케르는 벨리니 잔 속에 시선을 떨군 채 말을 잇는다.

"내 말은 그것에 무슨 의미가 있느냐는 겁니다. 마그리트의 그림은 모든 것이 의미가 있거든요. 일정한 방식에 의해 그려진다고나 할까. 그렇게 해서 탄생한 부조리한 표현은 항상 정서적 반향을 불러일으키죠. 그렇기 때문에 내가 달리를 더 좋아하는 겁니다. 지금의 내 상태에서는, 잡다한 감정들을 억누르려고 노력해야 하거든요."

그는 눈물이 그렁그렁한 눈으로 잔에 담긴 노란색 막대를 뚫어져라 바라보면서 입술을 잔뜩 깨문다. 내가 꺼낸 이야기가 뜻밖에도 상대의 심기를 어지럽힌 것 같아. 나는 훨씬 부드러운 어조로 넌지시 말해본다.

"아마 그림이라는 것도 구경하는 사람이 더이상 없으면 잠을 잔다는 걸 말하고 싶었는지도 모르죠."

필리프 네케르는 골똘한 표정으로 나를 바라본다. 마음 깊은 곳에서 뭔가 허탈하면서도 일말의 거부감이 이는 눈치다. 그는 잔을 비운 뒤 테이블에 도로 내려놓자마자 묻는다.

"하시는 일이 뭡니까?"

"제빵사입니다."

그의 얼굴에 반응이 전혀 없다. 나는 형식상 이렇게 정정한다.

"실은 가끔가다가 빵을 만드는 정도입니다."

이젠 듣는 것 같지도 않다. 그는 종업원을 향해 잔을 바꿔달라고 손짓한다. 그제야 나는 부랴부랴 내 앞의 잔에 담긴 술을 입안에 털어넣는다. 둘이 술을 마시고 취하는 자리에서 혼자 잠자코 있는 것은 예의가 아니다. 더욱이 누가 봐도 그보다는 내가 술이 센 마당에.

"다른 증인들도 있습니까?"

나는 움찔 놀란다.

"다른 증인이라뇨?"

"그림의 불이 꺼지는 걸 본 사람 말입니다."

나는 당시 상황을 머릿속에서 잠시 되짚어본다.

"아뇨…… 없었던 것 같군요."

"혹시 전에도 그런, 뭐랄까…… 시각적 현상을 경험한 적이 있나요?"

"왜 그런 질문을 하시죠? 설마 내가 꿈이라도 꿨다고 생각하는 겁니까?"

"지금 이 시각에는 생각 같은 거 안 합니다, 렉스 씨. 더구나 이젠 숙소로 돌아가봐야 해요. 할 일이 있어서."

지금 상태로 보아 일단 잠부터 좀 자고 일은 내일로 미루는 게 좋겠다는 말이 목구멍까지 나오는 걸 나는 간신히 참는다. 그는 마치 내 눈동자 속의 자막을 읽듯 그런 속마음을 간파하고는, 콧김을 내뿜으며 픽 하고 웃는다.

"사실 일하는 건 내 기계들입니다. 나는 그저 측정을 할 뿐이죠. 결과를 읽고, 분석하고, 수치화하고, 해석하고…… 같이 가서 보시겠습니까?"

나는 예의상 잠시 망설이는 척한다. 하긴, 홀로 허니문 스위트 룸에 덩그러니 내팽개쳐지는 것보다 나쁠 것도 없는 일이다.

그는 수상택시를 소리쳐 부르더니, 한 300여 미터를 지나 벽으로 둘러싸인 거대한 황록색 건물의 1층 이끼 긴 계단 앞에서 멈춰달라고 말했다. 나는 미끄러운 가죽구두 밑창 때문에 마호가니제 모터보트에서 더더욱 위태롭게 휘청거리는 그를 부축해주었다. 그가 형무소에서나 사용할 법한, 마흔 개가량의 열쇠들이 주렁주렁 매달린 꾸러미를 호주머니에서 꺼냈다. 물결 찰랑이는 계단에서 오른발이 미끄러져 금방이라도 물에 빠지려는 그를 내가 덥석 붙잡았다.

"여기가 당신 숙소입니까?" 나는 내심 놀라며 물었다.

"임무 수행상 오늘밤만 묵고 있을 뿐입니다. 가만있자, 어느 열쇠더라?"

　왼손으로 철책문을 붙든 채 계단의 이끼 위를 연신 미끄러지면서 그는 그중 큼직한 열쇠 열 개를 녹슨 자물쇠 안으로 차례차례 밀어넣었다. 수상택시가 떠난 뒤, 나는 약간 불안한 심정으로 번지수를 잘못 찾은 건 아닌지 조심스레 물어보았다.

　"아마 맞을 겁니다. 아까는 반대편 골목길로 해서 들어갔는데, 이놈의 빌어먹을 구렁이 뱃속 같은 건물의 문이란 문은 죄다 두들기고 나서야 겨우 제대로 찾아 들어갔지 뭡니까. 번호도 붙어 있질 않아요."

　"누구 지키는 사람도 없어요?"

　"있죠. 수위가 한 명 있긴 한데, 나한테 문이며 열쇠며 꼬치꼬치 이르는 걸, 걱정 말고 누이 집에 가서 잠이나 자라고 해주었죠. 내 기계장치가 돌아가고 있을 땐 아무도 없었으면 하거든요."

　"그럼 나는요? 내가 방해되는 건 아닌가요?"

　"만약 당신이 만들어내는 진동이 기록을 방해한다면, 당신이 오기 전 도면과 비교해 꼼꼼히 살펴볼 테고, 그때 가서 내 소프트웨어가 문제된 진동을 깨끗이 지워줄 겁니다."

　도무지 무슨 얘긴지 알 수가 없었으나, 열쇠에 집중하는 그를 방해하지 않으려고 나는 더이상의 설명을 요구하지 않는다. 그러지 않아도 똑같은 열쇠를 넣었다 뺐다만 이미 세 번이나 되풀이하는 중이다.

"옳거니." 녹으로 뒤엉킨 자물쇠에 잔뜩 웅크린 채 매달리던 그의 입에서 마침내 쾌재의 탄성이 솟구친다.

동네를 다 깨울 만큼 요란한 소리와 함께, 나는 그를 도와 철책문을 밀어 연다. 우리는 곧장 아치 아래를 지나 잡초 무성한 마당을 가로지른다. 그가 두 개의 문짝이 맞물린 거대한 대문 한쪽의 작은 판자문을 연다. 습한 냄새가 목구멍까지 훅 파고들었고, 크리스털 샹들리에의 불빛이 초록빛 대리석 홀의 음산한 기운을 오롯이 드러내고 있다. 중세 감옥을 연상시키는 층계의 철제 난간이 그 음산한 분위기를 더욱 배가하는 듯하다. 왕이나 주교, 혹은 장교의 차림새로 잔뜩 인상을 구기고 있는 조상들의 액자가 사방에 즐비하다.

필리프 네케르가 계단 발치에서 깜박거리고 있는 녹음기 같은 것을 가리키며 손가락을 자기 입술에 갖다댄다. 가만 보니 또다른 기기 한 대가 계단 맨 꼭대기에도 놓여 있고, 그 밖에 십여 개의 다른 기기들이 각방에 줄지어 놓여 있다.

대운하가 내다보이는 연회장의 6미터 높이 천장 아래 두 벽난로 사이에는 으리으리한 테이블이 있는데, 그 위에 놓인 컴퓨터

한 대가 웅웅거리는 낯선 장치들과 연결되어 있다. 그는 조각 장식이 된 안락의자를 내게 권하고는, 여러 정보들을 집약해서 보여주고 있는 화면을 가리킨다. 일련의 키보드 조작을 하자 상이한 도표들과 함께 움직이는 곡선들이 그 안에 나타난다.

"아무도 없군." 한참을 들여다보던 그가 결론을 내리듯 툭 내뱉는다.

나는 경보장치치고는 기계 자체가 너무 눈에 띈다는 사실을 지적해준다. 적어도 보안설비를 다루는 일을 한다면, 겉으로 드러나는 외관에도 좀 신경을 쓰는 편이 이로울 거라고 말이다. 그는 술에 절어 말끝을 버벅거리는 어눌한 목소리로, 자기 일은 원래 사회보험 가입자들의 건강과 관련한 생물물리학적 공해 실태를 평가하는 일이었다며 해명을 시도한다. 이를테면 고압선이라든가 휴대전화, 와이파이, 마이크로파, 지맥의 결절과 지하 수맥 따위의 영향을 색출하고 측정하는 일 말이다. 그런데 작년에 내무부의 제안에 의해 국립과학연구소에서 방출되었단다. 이유인즉, 사람들의 공격적 성향의 이상 증가 현상이 다름 아닌 레이더식 교통 단속 장비에 기인하며, 거기서 나오는 초고주파가 아드레날린 과잉 분비의 원인임을 증명했기 때문이라는 것이다. 그때부터 사설 업무를 보며 특정 개인이나 기업으로부터 주문을 받고 전자기의 폐해는 물론, 경우에 따라서는 초자연적 이상현상에 대한 조사와 측정 작업에 매진하는 중이라고 했다.

"초자연적 이상현상요?"

"그렇습니다. 예컨대 문이 저절로 열린다든지, 물건이 저 혼자 이동한다든지, 아니면 유령을 본다든지 하는 것은 전부 측정 가능한 에너지의 작용이거든요. 에너지가 주위 환경이나 현장에 있는 사람들의 신진대사에서 추출될 때, 그에 따라 기온이 몇 도 하강한다든지 아니면 소위 폴터가이스트라 지칭되는 고전적인 염력현상이 확인되곤 하는 것이죠."

"아니, 지금 무슨 얘기를 하는 겁니까? 그럼 당신이 귀신 쫓는 사람이라도 된다는 건가요?"

당황한 나의 추궁에 그는 한숨을 내쉬며 대답한다.

"그렇습니다. 하지만 내 눈으로 직접 귀신을 본 적은 한 번도 없어요. 현재 유럽에서 시행중인 새로운 규정에 의하면, 모든 건물주는 납과 석면 그리고 단열 진단은 물론, 생물전자기 검사표까지 의무적으로 매도증서에 첨부하게끔 되어 있습니다. 바로 그걸 내가 작성하고 처리하면, 나머지는 각자가 알아서 적절한 조치를 취하는 것이죠."

나는 마른침을 꿀꺽 삼킨다. 긴장감 어린 기계 소리 때문에 더욱 을씨년스럽게 느껴지는 대연회장의 적막 속에 근처를 지나는 소형 증기선 소음이 간간이 들려온다. 나는 넌지시 속삭여본다.

"그런데 정말로 유령 들린 집이 있다고 믿는 겁니까?"

그는 자신의 장치들을 손으로 가리키며 이렇게 대답한다.

"그건 믿고 안 믿고의 문제가 아닙니다. 측정을 하느냐 못 하느냐의 문제예요. 브뤼셀에서는 내 말이 좀 먹히더군요. 그래서 기쁜 마음에 품삯도 받지 않았어요. 그런가 하면, 마이크로파 공해는 비단 살아 있는 사람에게만 영향을 끼치는 게 아닙니다. 휴대전화가 발명된 이래, 스코틀랜드에서는 더이상 유령이 발견되지 않고 있어요. 모조리 줄행랑을 친 거죠."

신경쇠약증에 시달리는 듯한 그의 어조는 말을 많이 할수록 더 심해져갔다. 그는 몸을 추스르며 일어나더니, 나를 데리고 복도로 간다.

"아내의 존재를 잡아내려고 무수히 시도해보았답니다. 처음에는 그녀가 나를 매몰차게 대한다고 생각했죠. 얼마나 많은 사람들이 자기와 관계있는 망자의 메시지를 자동응답기를 통해 받는지 몰라요. 텔레비전을 보다가 거기서 흘러나오는 지지직거리는 화면 속에서 식별 가능한 영상들이 잡히기도 하고 말이죠…… 나라고 그러지 말라는 법은 없지 않겠어요? 그래서 속으로 생각했죠. 옳거니, 이거야말로 내가 지상에서 담당해야 할 몫이다! 나 자신에게는 결핍되어 있는 내세의 증거들을 다른 사람들에게서 찾아내 전문적으로 분석해주는 일 말입니다. 하지만 그것 역시 신통치가 않은 거예요."

나는 그게 바로 세상만물이 죽음과 더불어 끝나버린다는 증거라고 말해주고 싶은 걸 애써 참는다. 아르카숑 만에서 아버지의 유언대로 유골 단지를 비웠을 때, 그 재가 바람에 날려 내 얼굴을 쓸었다. 그렇게 끝나버린 거다.

20촉짜리 전등들의 빈혈기 서린 불빛 속에서 대리석과 모자이크로 수놓인 복도를 한참 동안 걸어들어가자, 반쯤 비운 위스키 한 병과 푸른 크리스털 잔이 하나 놓여 있는 1950년대식 주방이 나타난다. 그는 벽장에서 잔을 하나 더 꺼내고는, 다시금 음울한 목소리를 추스르며 이렇게 말한다.

"나는 내일 다시 떠납니다. 집주인들은 공동 소유자로서 건물을 팔아야 할 입장이지만, 조모가 어떻게 나올지 우려하고 있답니다."

그는 술병과 잔을 든 채, 무늬가 들어간 벽지로 단장한 규방으로 나를 안내한다. 건물 전체를 통틀어 처음으로 여성의 흔적이 느껴지는 방이다. 밀짚모자를 쓰고 전쟁 전의 컨버터블형 자

동차 운전석에 포즈를 취하고 앉은 어느 늘씬한 여장부의 초상
화 앞. 그는 그림 속 여인을 물끄러미 바라보면서 나에게 눈치
아티 노老공주에 대한 이야기를 들려준다. 수위의 말에 의하면,
임종을 코앞에 둔 노공주께서 결코 이 저택을 팔아선 안 된다는
유지를 여섯 명의 상속자에게 내렸다는 것이다. 오늘 전자기 요
동이 일어나지 않고 있는 걸 보면, 그녀가 자리를 비운 상태임이
분명하다.

　그래서인지 필리프 네케르의 태도에서도 긴장 완화의 낌새가
이미 엿보인다. 그는 하품이 나오는 걸 억지로 참으면서 내게 숙
소가 어디냐고 묻는다. 그러고 보니 호텔 이름이 생각나지 않는
다. 그는 피곤하면 여기서 자고 가도 된다고 말한다. 방만 스물
세 개이니 아무 문제 없다고. 이건 예의상으로도 거절할 수 없는
제의다. 더구나 유령이 출몰하지 않는 이 음산한 저택이 캉디스
가 없는 내 허니문 스위트룸보다는 훨씬 견딜 만하다는 생각
이다.

　그가 위스키 한 잔을 건넨다. 나는 섞어 마시는 것이 부담스러
우니 괜찮다고 사양하면서도 결국 건배를 한다. 눈치아티 공주
의 사후 안녕을 기리며 쭉 들이켠다.

　"내일 아침에 우리 같이 가봅시다." 그가 병뚜껑을 닫으며 말

한다.

"어딜 말입니까?"

"당신이 말한 그 마그리트 그림을 검사하려요."

농담하는 투는 아니다. 결코 소득 없이 발길을 돌리지는 않겠다는 유령 사냥꾼의 불안한 희망과 각오가 물씬 배어나는 목소리다. 물리적 기술을 훌쩍 뛰어넘어 일종의 마법에 기대는 듯한 느낌이라고나 할까.

그가 안내한 곳은 다소 비좁아 보이는 방이다. 초록색의 작은 달집이 갖춰진 트윈베드의 정면 벽에 대형 십자가가 걸려 있다.

"여기가 가장 작은 방입니다. 그만큼 덜 추울 거예요." 주철로 만든 난방기 밸브를 최대한 열면서 그가 말한다.

아울러, 짧은 순간이나마 흐뭇한 기분에 젖을 수 있었던 오늘 저녁이 자기로선 무척 즐거웠노라고 덧붙인다. 나는 그와 악수를 하면서 어중간한 작별 인사를 나눈다.

새벽 세시, 화장실에 가려고 일어나는데, 헬멧을 푹 눌러쓴 채 탐지기를 손에 들고 줄지어 늘어선 방들을 들락거리고 있는 그의 모습이 멀찌감치 눈에 들어온다. 직업적 의무감인지, 단순한 불면증인지, 아니면 연인을 찾아 나서는 걷잡을 수 없는 충동인지, 도무지 알 수가 없다. 그는 내가 휴대전화로 캉디스의 응답을 기다릴 때와 똑같은 간절함으로 압력계의 바늘을 응시하고 있다.

실은 아까 잠자리에 들기 직전, 나는 그녀에게 다음과 같은 문자를 보냈다. '〈빛의 제국〉에 불이 꺼졌어.' 그녀는 뭔가 상징적인 얘기를 하는 줄 알았는지, 이런 답을 보내왔다. '하는 수 없지.' 자판을 누를 때마다 떨리는 손가락을 움직여가며 나는 물었다. '언젠가 둘이 함께 다시 떠날 날이 있을까?' 이에 대한 답은 십 초도 지나지 않아 내 휴대폰에 당도했다. '어딜 가려고?' 그게 질문이 아닌 반어적 단정이라는 걸 나는 여실히 느끼고 있다. 막다른 길목에 처한 우리 관계에 대한 반어적 단정 말이다. 명백한 체념의 표현으로 드러낸 거부 의사.

나머지 밤 시간을 더이상 망치지 않기 위해 나는 휴대폰을 껐다.

그녀는 내 꿈속으로도 방문하지 않았다.

"아침 먹읍시다!" 흔들흔들 쟁반을 받쳐들고 필리프 네케르가 불쑥 들어서며 외친다.

도시 전체가 요란한 종소리로 진동하는 가운데, 나는 트윈베드에서 힘겹게 몸을 일으킨다. 자명종은 아침 열시를 가리키고 있다. 그는 이불 위에 쟁반을 내려놓고, 블라인드를 열어젖힌다. 방안으로 햇살이 넘실대며 들이친다. 그가 나더러 잘 잤느냐고 묻는다. 가만 보니 어제와 똑같은 복장이다. 내 앞에서 기분좋은 척, 자신도 늦잠을 잔 척하지만, 창백한 혈색과 눈가의 짙은 다크서클이 어젯밤을 하얗게 지새웠다는 걸 말해준다.

"일기예보가 틀렸군요! 저 파란 하늘 좀 보세요!" 그가 쾌재를 부른다.

나는 숙취를 해소하기 위해 커피부터 한 모금 삼키고는, 공주한테서 무슨 징후는 없었느냐고 묻는다. 그가 금세 침울해진 표정으로 대답한다.

"여전히 아무 징후도 없군요. 미터당 6.3볼트에 217헤르츠가 최고치입니다. 자기장 암페어 수도 마찬가지고요. 이 정도면 지극히 정상 상태나 다름없습니다. 지난 열다섯 시간 동안 딱 한 번 관측된 의미 있는 변동은 당신의 휴대폰에 의해 촉발된 것이고요. 커피맛은 괜찮은가요?"

나는 찌푸렸던 인상을 얼른 미소로 지우며 고개를 끄덕인다. 그는 문장紋章이 수놓인 수건을 건네고는, 방에서 나가기 직전 자명종을 가리키며 미술관이 방금 문을 열었다고 넌지시 이야기한다.

누르스름한 물로 빈약한 샤워를 한 뒤 방을 나서자, 그가 철제 가방 속에 각종 측정장치들을 정리해 넣고 있다.

"길 쪽으로 나갑시다. 그게 더 빠를 거예요." 짐을 싸다 말고 그가 말한다.

뒤쪽 계단을 통해 건물 밖으로 나가니, 좁다란 골목길 여기저기 내걸린 빨래에서 스며나온 물이 오줌 웅덩이들 사이로 뚝뚝

듣고 있다. 우리는 걸음을 재촉해 눈부신 햇살 아래 곧게 뻗은 아카데미아 다리를 부랴부랴 건넌다.

"빨리 갑시다." 그가 가느다란 다리를 부지런히 움직여 걸음에 박차를 가하면서 말한다. "잘못하면 줄을 서겠어요. 오늘이 토요일 아닙니까."

그런데 사람이 하나도 없다. 거리도, 다리도, 수로도 꼭 마그리트의 그림처럼 한적하기만 하다. 마치 우리를 제외한 인류 전체가 대지에서 말끔히 사라져버린 것 같다. 지난 일요일에 접했던 보도가 문득 생각난다. 자연과 건물은 그대로 둔 채, 지속적인 파괴력으로 오직 사람들만 파멸시킨다는 신형 폭탄에 관한 보도 말이다. 구겐하임 미술관에 이르는 골목길만 놓고 볼 때, 베네치아는 찰랑거리는 물소리와 창가에 널린 빨래들의 펄럭거림 사이로 적막이 흐르는 유령도시에 불과하다.

캄포 산 비오*의 한쪽 구석에서 느닷없는 소란이 인다. 귀에 거슬리는 확성기 잡음과 우레 같은 환호 소리, 극도로 흥분한 듯한 함성들. 사람이란 사람은 모조리 조지 클루니가 연단 위에 서서 새로 나온 네스프레소의 비밀을 공개하고 있는 산마르코 광장

---

* 이탈리아 베네치아 도르소두로 구역에 위치한 광장.

쪽에 몰려 있는 모양이다.

"왓 엘스?" 지직거리는 소음에 섞여 흘러나오는 벨벳처럼 부드러운 음성을 요란한 갈채 소리가 덮어버린다.

"끔찍하군." 필리프 네케르는 세계적인 섹스 심벌에 대한 대중의 호감을 개인적으로 혐오하는 듯, 그렇게 이죽거린다.

미술관 매표소 앞에서는 노란 우비를 입은 영국인 노파 두 명만이 찻잔과 그릇에 새겨진 구겐하임 소장 유화 작품들을 감탄의 눈으로 구경하고 있다. 나는 입장권과 함께 〈빛의 제국〉이 담긴 우편엽서 한 장을 사고, 직원이 권하는 오디오 가이드는 사양한다.

널찍한 백색 전시실로 들어서자, 다시금 불이 켜진 그림 속 두 개의 창이 곧장 눈에 들어온다. 내 쪽을 흘끔 보는 필리프 네케르의 눈빛이 다소 실망스럽다. 그는 안경을 고쳐 끼고 그림에 바짝 다가가 살펴보기 시작한다. 불과 십여 초 만에 단두대의 칼날처럼 그의 진단이 내려진다.

"전기장치 같은 건 없습니다. 당신이 보고 있는 불빛은 그냥 색깔일 뿐이에요. 그걸 끄려면 위에다 색을 덧칠하는 수밖에 없을 것 같군요."

"지금 무슨 말을 하는 겁니까? 내가 벌건 대낮에 술도 한 방울

안 마신 상태에서 몇 분 동안이나 헛것을 보았단 말입니까?"

경비들이 보지 않는 틈을 타, 그는 손톱으로 그림 속 창틀 부분을 살짝 긁은 다음 자신의 감정 결과를 나에게 확인시킨다. 나는 욱하고 치미는 짜증에 고개를 흔든다. 왠지는 모르겠지만, 그에게 엄청 화가 난다. 기껏 흥분을 함께 나누려고 여기까지 와놓고는 김새게 만드는 그가 원망스럽다.

"어쨌든 이 그림에 생명이 깃들어 있는 건 사실입니다." 그나마 긴장을 늦추지 않은 태도로 그가 덧붙인다.

괜히 들뜨지 말라는 투로 내뱉은 이 말이 뭐라 형언할 수 없는 힘으로 나를 파고들면서, 지끈거리는 두통과 숙취, 거부감을 한껏 배가한다. 그림 속에서 어떤 부름을 감지하지만 그것에 응답할 엄두가 나지 않아서인지, 신경질이 난다. 나를 비웃고 있는 저 두 개의 창문, 어제의 기억을 배반하는 이 아침의 현실 앞에서 그저 우두커니 서 있을 수밖에 없다.

"어디 안 좋으세요? 좀 앉으시겠습니까?" 필리프 네케르가 걱정스레 물어온다.

문득 그의 주머니 속 휴대폰이 부르르대는가 싶더니, 그가 휴대폰을 꺼내자마자 펄떡거리기 시작한다. 그는 얼른 돌아서며 전화를 받는다. 누군가 중요한 사람임이 틀림없다. 이탈리아어로 연신 "노, 시뇨르 마르케세*"를 되뇌면서, 마치 말馬이 고개를 끄덕이듯 머리를 조아리고 있다. 나는 그의 통화 내용에 온 정신을 집중해보지만, 간간이 흘러나오는 소리만으론 아무짝에도 쓸모가 없다.

나는 그림으로 다시 시선을 돌린다. 내 등뒤로 사람들의 발소리가 가까워졌다가 멀어진다. 슬그머니 어깨 너머로 흘끔거려본다. 방금 전 마그리트 쪽으로 향했던 두 영국 여자는 흡사 모종의 자기장에 밀려 떨어져나가는 것처럼 보인다. 귀는 오디오 가이드에, 코는 카탈로그에 완전히 내맡긴 채 그대로 지나쳐 가버렸다.

이제 시야에 아무도 없다. 필리프 네케르는 여전히 내게 등을 돌리고 있다. 나는 두근거리는 가슴으로 검지를 들어, 2층 왼쪽 창문의 주황빛 물감을 살짝 긁어본다. 그런 다음 물감의 질감을 비교하기 위해, 이번에는 가로등 오른쪽과 1층 회녹색 덧창에 손가락을 갖다댄다.

뭔가 묵직한 느낌이 가슴을 옥죄어온다. 내 나이 열두 살 이후 한 번도 경험해보지 못한 것 같은, 일종의 가슴 덜컥하는 느낌이

* '아닙니다. 후작님'이라는 뜻.

라고나 할까. 감독이 "액션!" 하고 외치면 나 아닌 다른 이의 삶을 흉내내야만 했던 그 시절, 카메라 뒤에 앉아 나지막한 음성으로 대사를 불러주다가 내가 틀리거나 실수하면 곧바로 인상을 찌푸린다든지 입술을 깨물던 어머니, 어머니를 만족시켜드리려고 슬픈 척, 기쁜 척, 아니면 화난 척해야 했던 그때 그 시절 내 마음 깊은 곳에 욱하며 치밀던 바로 그 느낌과 비슷하다. 내가 나오는 장면이 끝나면 어머니는 으레 혹독한 눈빛 또는 따귀로 나를 맞이하거나, 아니면 잘했다는 뜻으로 머리를 긁적여주곤 했지…… 당시 내가 그녀의 전부였다는 걸 나도 알고 있었다. 나는 영화판에서 그녀의 현존을 정당화해줌으로써 그녀 자신의 실패한 배우 경력을 보상해주고 있었던 것이다. 적어도 내가 연쇄아동 성추행범이 노리는 나무십자가 소년합창단원 중 한 명 역할로 연속극을 촬영하던 도중 변성기가 찾아온 무렵까지는 그랬다. 변성기 때문에 나 개인이 창피한 것은 물론이고, 배우로서 계약이 파기된데다, 보름간 열심히 찍은 필름까지 통째로 휴지통 신세가 된 것은 어쩔 수 없는 수순이었다. 그렇게 불명예스럽게 하차한 나의 빈자리에 내 이부동생이 대타로 캐스팅된 것이 그나마 다행이라면 다행일까. 그날 이후 나는 더이상 어머니의 귀한 자식이 아니었고, 한 여자의 눈에 다시금 제대로 존재하기 시작한 건 구 년이 더 지난 어느 일요일, 캉디스의 눈에 띈 바로 그 순간부터였다.

"안녕하세요, 너무 오래 미적대시네요."

화들짝 놀란 내 눈앞에 검은 머리의 웬 젊은 여자가 내가 손톱으로 긁어보았던 덧창을 빠끔 열고 내다본다. 나는 이것 좀 보라며 필리프 네케르를 찾았으나, 그는 온데간데없이 사라져버린 뒤다. 미술관 대신 거리의 어둠이 내 주위를 에워싸고 있다. 발밑에 아스팔트 바닥이 느껴지고, 습한 잎사귀 냄새 그리고 집밖으로 새어나오는 진한 수프의 훈훈한 기운이 후각을 자극한다. 젊은 여자는 허벅지까지 몸매가 그대로 드러나는 투피스 차림으로 주황빛 창문에 실루엣을 드리우고 있다.

"들어오시죠."

나는 내 손과 다리, 등뒤의 나무 그리고 방금 창문을 열어준 여자를 번갈아 살펴본다. 그러고 보니, 내 몸과 주변 사물의 비례가 조화롭게 맞춰져 있다. 그림 속의 모든 것이 확대되었거나, 아니면 내가 축소되었다는 얘기다.

그렇다. 나는 지금 환영을 보는 정도가 아니라, 아예 꿈을 꾸고 있다. 오래전에 상실한 버릇이 다시금 도진 건가 싶기도 하다. 사춘기가 되기까지 배우로서의 경력을 이어가는 동안, 나는 사람들이 흔히 자각몽이라 부르는 현상을 수시로 체험했다. 내가 자고 있다는 걸 스스로 인지할 뿐 아니라, 잠 속에서 일어나는 일들에 절대적인 통제력을 행사하곤 했다. 얼굴 인상 한번 찡그리는 것으로 꿈을 바꾸기도 하고, 악마가 뿔을 들이대는 순간 악몽을 중단시킬 수도 있었다.

하지만 지금 여기서 왜 이런 현상이 일어나는지는 알 수가 없다. 저 젊은 여자의 미모는 너무 완벽하고 균형이 잘 잡혀 있어서 오히려 아무 감흥이 없다. 요컨대, 세세한 신체적 결함들이 일종의 불안한 조화를 이루어 볼 때마다 내 마음을 흔들어놓는 캉디스와는 아주 다르게, 왠지 편안해지는 느낌이다.

"부탁인데, 이리로 넘어오세요. 창문으로 들어오시게 해서 죄송합니다만, 르네가 워낙 문을 싫어해서요."

그렇게 말하며 여자가 손을 내밀고, 나는 한쪽 다리를 들어 창틀에 발을 디딘다. 몸의 반동을 이용해 창문 안으로 들어서고, 두 발이 바닥에 무사히 착지한다.

문제는 과연 언제부터 내가 현실에서 이탈해 있었느냐다. 혹시 지금 이 순간에도 내가 눈치아티 호화 대저택의 트윈베드에서 잠을 자고 있는 건 아닌지? 만약 그런 거라면, 필리프 네케르가 가져다준 아침식사부터 이미 꿈의 일부였다는 얘기 아닌가!

그러고 보니, 이탈리아 커피가 그처럼 맛이 고약할 리 없다는 생각이 퍼뜩 뇌리를 스친다. 어쩌면 어제 오후 내가 호텔에 도착했을 때로 거슬러올라가야 할지도 모른다. 허니문 베드 위에서 우편엽서를 끼적이다 깜박 졸았던 바로 그 시점 말이다. 정녕 그렇다면 나는 아직도 그 침대에 누워 있는 것이고, 〈빛의 제국〉 속에서 불이 꺼진 일이나 필리프 네케르와의 재회 모두 꿈의 연장선상에서 벌어진 일이라는 얘기다.

집주인이 한적한 거리의 캄캄한 어둠을 뒤로하고 덧창을 닫는다. 나는 주위를 둘러본다. 전선에 매달린 오렌지색 전구 하나가 텅 빈 방을 밝히고 있다. 그녀가 내게 설명해준다.

"그 사람은 방마다 다 가구를 비치해놓지는 않았어요. 중요한 것에 집중한 편이죠. 이를테면 인상에 깊이 각인된 것에만 치중했다고나 할까. 기억을 복구해놓은 셈이에요."

나는 여기가 그녀의 집인지 묻는다. 여자는 살짝 서글픈 미소를 지으며 나지막이 대답한다.

"네, 그렇다고 할 수 있죠. 그런데 드나드는 사람들이 무척 많답니다. 어쨌든 잘 오셨어요. 당신 이름은 기억하고 계시겠죠?"

그러고 보니 의식 한구석에 구멍이 뻥 뚫린 듯하다. 이건 분명 내가 꿈을 꾸고 있다는 증거다.

"제레미 렉스잖아요." 그녀가 슬그머니 속삭여준다. "당신을 알아봤다고는 하지 않겠어요. 다만 당신은 여섯 살 때도 이미 조숙했던 것만은 사실이에요. 저는 몇 살쯤 되어 보이나요?"

내가 오렌지색 전구 불빛 아래 그녀의 얼굴을 뚫어져라 바라본다.

"스물다섯? 서른?"

"그 정도로 후하게 봐주시니 고마워요." 그녀가 한숨 섞인 어조로 대꾸한다. "하지만 저 자신을 드러내놓고 소개하기가 참 어렵네요. 혹시 제가 마음에 드시나요?"

자고로 꿈이 좋은 건 무엇이든 생각한 대로 말할 수 있다는 점이다.

"아뇨. 당신이 문제가 아니라, 제가 원래 한 여자만 좋아하는 타입이라서요."

"아, 괜찮아요. 어차피 저는 섹스를 즐기는 여자가 아니거든요. 그것 말고는 다 좋은데 말이죠. 저에게 반할까봐 지레 걱정하실 필요는 없습니다. 제 이름은 마르타예요."

그제야 긴장이 조금 풀린 나는 고개를 천천히 끄덕인다. 모델 같은 그녀의 실루엣은 선명한 반면, 얼굴 표정은 좀처럼 안정을 찾지 못하고 있다. 말을 할 때마다 젊은이 특유의 무사태평함에서 인위적으로 젊음을 가장하느라 생기는 경련까지, 얼굴 표정에 연륜과 감정이 오락가락한다. 오로지 돌돌 말리고 웨이브가 진 헤어스타일만 고정되어 있을 뿐이다. 어쨌든 모르는 여자다. 그렇다고 내 기억이나 영화 혹은 광고사진 같은 데서 짜깁기해 만든 여자라는 생각도 들지 않는다. 무엇보다 이건 야한 꿈이 아니다. 당연히 실재와 연관된 몽환이랄까. 잠이 깨면 잊어버릴 별 잡다한 상징들로 가득한 입문의식 어쩌고 하는 것 말이다. 별로 중요할 리 없을 터. 지금 나는 이 그림 속에 아주 기분좋게 잘 있다. 편안하고, 가벼우면서, 활기가 넘친다. 그거면 됐지 뭐가 문제인가.

여자는 여기저기서 긁어모은 듯한 가구들이 배열된 기나긴 복도로 나를 안내한다. 전체적으로 조화가 잘 안 된 스타일이, 어쩌면 르네 마그리트의 꼼꼼하지 못한 성향을 고스란히 드러내는 듯하다.

"그래요." 내 생각을 읽었는지 그녀가 말한다. "그는 결코 사물을 직접적으로 바라보는 법이 없죠. 언제나 한 박자 늦춰 사물이 머릿속에 떠오르면 자신의 기억과 상상을 굳이 구별하지 않고 그 공백을 채워나갔답니다. 그게 바로 그의 스타일이죠."

"제 생각을 읽으신 겁니까?"

"당신 눈동자에 낱낱이 쓰여 있는걸요."

"혹시 그분의 모델이었습니까?"

"누드화를 그릴 때 가끔 모델이 되어주곤 했지요. 하지만 단 한 번도 내 얼굴은 그려넣지 않더군요. 부인이 질투를 했거든요."

우리는 점퍼 차림으로 의자에 앉아 있는 어느 깡마른 남자 앞을 지나간다. 그는 사진기를 목에 걸고 텅 빈 시선을 허공에 고정한 채, 깍지 긴 손을 무릎에 얹고 있다. 대기실 같은 곳에 방치된 사람들에게서 흔히 보이는 멍한 태도다. 내가 그에게 슬쩍 인사를 건네자, 마르타가 끼어든다.

"당신 말을 못 들어요. 하나의 오류인 셈이죠."

"저 사람도 나처럼 여기에 들어온 건가요, 아니면 원래 그림의 일부인가요?"

"방을 보여드릴 테니 따라오세요."

꿈속에서는 그 누구의 뜻도 거스르지 말 것. 그것이 바로 행복한 밤 시간 사용법이다. 나는 그녀를 따라, 닳아 해진 붉은 양탄자가 깔린 하숙집 분위기의 누추한 계단을 걸어올라간다. 2층에 오르자 그녀는 샹들리에의 주황빛 전구 일곱 개가 두 개의 창문과 이젤 그리고 폐쇄된 벽난로 위의 큼직한 거울을 비추고 있는, 침대 없는 방을 손으로 가리킨다. 나는 꿈의 불합리한 논리에 의

거해 그곳이 다름 아닌 그림에서 본 불 켜진 방의 '안쪽 풍경'임을 즉시 깨닫는다. 나는 여자에게 어제 왜 방의 불을 껐느냐고 묻는다. 내게 무슨 신호를 보내려는 것이었나, 아니면 그냥 전구라도 갈려고 그랬던 건가?

"저는 불을 끄지 않았는데요. 당신의 감정 상태가 그런 현상을 초래했나보죠."

그렇게 대답하며 그녀는 이젤 쪽으로 고개를 돌린다. 지금 보니 거기에 그림 한 점이 놓여 있다. 그림 속의 그림. 어떤 젊은 여인의 뒷모습인데, 벗어내린 옷처럼 발치에 떨어진 노파의 거죽으로부터 발가벗은 몸뚱어리가 간신히 빠져나오는 중이다. 축 늘어진 거죽의 주름 밑에는 전쟁 전의 초등학생 글씨체로 '내면의 여인'이라는 문구가 공들여 새겨져 있다.

마르타는 약간의 우수와 싸늘한 조소가 뒤섞인 어조로 중얼거린다.

"그럼, 감미로운 밤 되시길."

그러고는 밖으로 나가며 문을 닫는다. 이젤 왼편에 있는 또다른 문 뒤에서 물소리와 컵 부딪치는 소리, 미세한 금속음이 들려온다. 문득 따스한 크루아상 냄새가 내 콧구멍을 가득 채운다. 그러자 머릿속의 어떤 선명한 추억과 연결된 그 냄새에 부응하려는 듯, 방 전체의 풍경이 일거에 변하기 시작한다. 벽들이 온통 라일락 빛깔로 물들고, 비바람 몰아치는 창가에 소나무 가지가 요동치고, 유카나무에 고정해 세워둔 첼로와 〈빛의 제국〉 복제화 사이의 화장대 거울 속에는 분홍색과 베이지색 깃털 이불이 덮인 침대 하나가 덩그러니 놓여 있다. 모든 것이 거기 그렇게, 내 기억 속에 간직된 모습 그대로 있었다. 플러시 천으로 만든 애꾸눈 원숭이가 샹들리에에 걸터앉아 있고, 그녀에게 빌려주었던 프레데리크 다르의 소설책 몇 권이 침대 머리맡 탁자에 놓여 있으며, 바르바라의 CD가 선물로 포장되어 있는가 하면…… 마편초와 장뇌 향기가 번갈아가며 자리를 잡는다. 문득 욕실 문이 열리면서 희부연 빛깔의 네글리제 아래로 깁스한 다리를 드러낸 캉디스가 양쪽에 목발을 짚고 나타난다. 사 년 전의 자기 방에서 나를 다시 만나는 게 별로 놀랍지 않은 눈치다. 한쪽 실크 끈이 왼쪽 어깨로 미끄러져내린다. 말하는 내 목소리가 내 귀에 들린다.

"크루아상을 가져왔어."

그녀는 기억 속 그대로 대꾸한다.

"화덕에서 방금 꺼낸 것 같네."

"정지 신호를 세 개나 무시하고 달려왔어."

"그런데 어떡하나, 지금 우리 가족이 모두 미사 보러 갔는데."

그녀가 약간 허스키한 목소리로 말한다.

"그래서 내가 이렇게 서둘러 온 거야."

우리 두 사람 모두의 눈빛 속에 약간의 주저가 담겨 있다. 허공으로 뛰어드느냐 아니면 익숙한 영역에 그대로 머무느냐, 진실이 요구되는 순간이라고나 할까. 서로를 지나치게 잘 안다는 것은 오히려 거리를 만들고 어느 쪽도 섣불리 넘지 못할 경계선을 긋기 마련이다. 다시는 뒤로 물릴 수 없다는 불안감, 서로를 실망시키면 영영 사이가 틀어질지 모른다는 두려움…… 그렇게 결단을 요하는 순간이 나는 좋다. 할 수만 있다면 그런 순간을 영원히 연장하고 싶을 정도다.

"제레미…… 설마 내 이 깁스한 다리에 흥분하는 건 아니지?"

"천만에, 아니야. 단지 목발이 좀 죽이는군."

"어머, 미쳤어! 우린 시간이 그리 많지 않아…… 지금쯤 벌써 복음서를 낭독중일 거야!"

"하지만 성지聖枝 축성 순서도 있다는 거 잊지 마……"

예전에 주고받았던 대화 내용이 기억에 새겨진 그대로 입에 오르내리는 가운데, 그보다 더한 뭔가가 우리 사이에 파동을 일으키고 있다. 일종의 경계심이라고 할 수 있을까. 이상하게도 긴장감을 선명히 할 뿐인 우리의 미래에 대한 의식 말이다. 그렇게 우리는 예전보다 한층 더 주의깊은 태도를 견지한다. 억양을 포함한 세세한 점들을 수정하고, 상대의 달라진 점에 스스로를 맞추는가 하면, 기존의 텍스트를 존중하면서도 각자의 재량권을 행사하는 식으로…… 캉디스는 과거와 현재를 오가는 나의 태도, 그 편차에 완벽히 적응하면서 어디까지나 상황에 충실한 모습이다. 어쩌면 그녀 역시 아르카숑에서 밤을 보내는 동안 이곳 베네치아에 있는 나와 똑같은 리듬으로 꿈을 꾸고 있는지도, 그래서 우리가 이 또다른 시공 속에서 서로 만나 똑같은 체험을 다시 하고 있는 건지도 모른다.

실크로 된 옷이 바닥에 미끄러지듯 떨어지자, 나는 수년 전부터 친구 사이 뒤로 숨겨온 사랑의 감정을 실어 온 힘을 다해 그녀를 끌어안는다. 그녀를 침대에 밀어붙인다. 우리는 서로가 서로를 통해, 서로가 없을 때도, 서로를 위해, 그리하여 결국 둘이 함께 서로의 눈동자를 들여다보며 절정을 맛보았던 행복과 놀라움과 두려움과 열정의 첫 경험을 다시 체험하고 있는 것이다. 그것은 단순한 재구성이라기보다는, 일종의 재발견이다. 나는 가슴에 새겨져 있던 순간들, 내가 잊고 지내던 순간들을 똑같은 밀도로 다시 살아내면서 나만의 추억과 우리의 장래, 이 두 몸의 현존에 똑같이 감동한다. 우리의 미래에 대한 의식이 이제 막 생성되는 관계의 감흥을 망치지 않는 절대적 화합, 그 완벽한 순간을 이루어내기 위해 녹화방송이 생방송에 섞여드는 격이랄까. 정말 특별하고, 그러면서도 전적으로 자연스러운 현상이 펼쳐지고 있는 것이다.

지금은 그녀의 머리카락이 조금 짧은 상태. 어느덧 이 년이 흘러, 이제 내 방 촛불에 머리카락 끝이 살짝 그슬려 아예 잘라버린 그때의 내 집이다. 그녀가 대형 가정용품 매장에서 생일선물로 사준 전신거울 속, 나는 그녀를 뒤에서 부둥켜안고 있다. 가장 적나라한 포즈에서도 대단히 매력 있게 비치는 그녀의 설익은 몸매에 나는 좀처럼 질리지가 않는다. 내가 그림자의 사내이듯, 그녀는 거울의 여인이다. 우리의 진가는 각자 자신을 상대에게 내어줄 때만 비로소 제대로 측정된다. 그녀는 내 시선 속에서 자신을 잊을 때 세상 둘도 없이 아름다운 연인이 되고, 나는 스크린 앞에 홀로 앉아 눈앞에 되풀이되는 시퀀스 속 첼로 연주자의 대역을 수행할 때에야 마침내 훌륭한 뮤지션이다.

"내 곁에 있어줘, 제레미!"

순간 내 아파트의 모습이 감쪽같이 사라졌다. 아무래도 연상작용에 휩싸인 내 몸이 작년에 사흘간 일한 적이 있는 에피네

더빙 작업실로 훌쩍 날아간 모양이다. 한데 더빙 작업실의 형태가 갖춰지는가 싶더니 별안간 사방이 희미해지고, 내 손안의 첼로도 스르르 해체되고 만다. 그리고 나는 다시 투피스 차림의 젊은 여인이 문을 열어준 마그리트 집의 어렴풋한 방안에 돌아와 있다. 캉디스는 더이상 보이지 않고, 그 대신 〈내면의 여인〉이 놓인 이젤만 덩그러니 자리를 차지하고 있다. 욕실 문 너머에선 여전히 물소리와 쨍그랑대는 소리가 새어나온다. 나는 얌전하게, 다시 그곳으로의 입장 절차를 되풀이한다. 캉디스의 방을 되살려내기 위해 그 안의 가구와 향내를 다시 모아들이고, 아까 경험했던 바로 그 설레는 마음으로 그녀를 맞이할 채비를 갖춘다.

바깥에서 갑작스러운 충격음이 파고든다. 누군가를 닦달하는 목소리와 이탈리아어로 사람 부르는 소리가 들린다. 나는 빛이 가득한 창문 쪽으로 고개를 돌린다. 보아하니 진짜 햇살이 직접 비쳐드는 것은 아니다. 마치 영사기처럼 실내를 비추고 있는 것은 창문 자체에서 반사되는 주황색 빛이다. 사랑의 꿈을 꾸다가 아무렇지도 않게 내 유년기의 가장 충격적인 순간들로 이동해버리다니, 정말 어처구니없는 일이다. 뜨거운 조명의 열기 아래 틈틈이 땀을 닦아내고 분장을 고쳐대면서 똑같은 대사와 똑같은 동작을 수도 없이 반복해야만 했던 경험들. 그래도 누가 나에게 "정말 훌륭해"라고 말해준 건 살면서 그때가 유일했는데, 사실 그건 칭찬이 아니었지⋯⋯

나는 불투명한 유리창 쪽으로 다가간다. 그 너머에서 내 이름을 부르는 소리가 들려온다. 순간 주황색 빛이 깜빡거리기 시작한다.

"내 곁에 있어줘!" 또다시 등뒤로 캉디스의 음성이 아득하게 들려온다.

창문 고리를 움직여보려고 애쓰지만 꿈쩍도 안 한다. 알고 보니 가짜 창문이다. 문짝은 벽에 고정되어 있다. 눈속임을 위해 실물처럼 만든 장식일 뿐이다. 나는 혹시라도 바깥쪽이 비쳐 보이지 않을까 하는 생각에 창문에 얼굴을 바짝 갖다댄다. 문득, 바닥에 길게 나자빠진 어떤 몸뚱이가 강렬한 빛과 더불어 시야에 들어온다. 난폭하게 다루는 사람들의 윤곽에 둘러싸여 몸은 반쯤만 보이는 상태다.

"안 돼, 제레미. 날 두고 또 떠나지 마!"

갑자기 어딘가로 빨려드는 느낌과 함께, 내 몸이 허공 속으로 휘청하며 기운다. 다음 순간, 나는 집밖에 있다. 미심쩍은 눈길로 멀찌감치 있는 건물 정면의 창문들을 바라본다. 별안간 전신이 타들어가는 것 같다. 움찔거릴 때마다 격해지는 통증으로 온 몸이 뒤틀린다.

"됐어, 돌아왔어!" 어떤 목소리가 버럭 외친다.

왠지 내겐 너무 작게 느껴지는 축축한 전신 잠수복을 껴입는 기분이다.

"프레스토! 앙코라 우나 볼타!*"

"좋아! 커트!"

손들이 나를 더듬고, 흔들고, 꼬집고 있다. "커트!" 하는 소리에 나는 나도 모르게 눈으로 카메라의 위치를 찾는다. 그런데 한 대도 없다. 대신 하얀 옷을 입은 형체들이 발전기를 끄더니, 납작한 철판에 연결된 붉은색 전선을 둘둘 만다. 저건 심장제세동기가 아닌가!

"다 잘됐어요, 제레미. 나 여기 있습니다. 필리프 네케르예요! 내 말 들립니까? 이제 괜찮습니다. 몸이 약간 불편했던 것 같은데, 다 끝났어요."

몸이 약간 불편했다고? 그렇다, 잠깐 경색이 왔던 모양이다! 이래 봬도 〈실베스트르 박사〉에서 간호사의 아들 역할만 세 시즌

---

* 이탈리아어로 '빨리! 한번 더!'라는 뜻.

을 연달아 맡았던 몸이다. 그러니 내 앞에서 얼렁뚱땅 얼버무려 봤자 소용없다.

내가 팔꿈치를 세워 몸을 일으키려 하자, 의사들이 달려들어 들것에 억지로 눕힌다. 미술관 천장이 빠른 속도로 지나가고, 나는 되도록 고개를 뒤로 젖혀 빛의 집에서 눈을 떼지 않으려고 애쓰는데…… 너무 늦었다! 들것을 든 사내들에 의해 내 몸은 이미 바깥으로 나와 테라스 계단을 쏜살같이 내려가면서 왼편으로 기마상을 지나치고 있다. 빨간 십자가가 그려진 새하얀 보트 한 대가 선착장에서 기다리고 있다. 장면을 바꾸기 위해, 그래서 이 악몽을 중단시키기 위해 이를 악물고 인상을 찌푸려보지만 아무 효과가 없다. 캉디스…… 도와줘! 날 버리지 마! 이따위 삶이야 어찌되든 상관 안 해…… 부탁이야, 나를 저 너머로 다시 데려가 달라고! 그림 속으로 다시 돌아가게 해줘……

앰뷸런스 보트를 타고 병원으로 이동한 기억은 거의 없다. 의식은 또렷했지만, 나는 어떤 이중인화二重印畵나 간섭도 배제했다…… 나는 계속 나아갈 뿐이다.

함수호를 지우기 위해 나는 창문의 블라인드를 내렸다. 달걀 껍데기처럼 희부연 벽이 내가 요구하는 것을 거부한다. 중요한 건 그 그림 속, 나만의 현실이다. 캉디스가 더는 나를 사랑하지 않는 지금 이 세상이 아니고 말이다. 세상은 나를 회복시키려고 최선을 다하지만, 나는 끝내 저항하고 있다.

"기분이 좀 어때요, 제레미?"

나는 사랑을 나눴던 라일락빛 방의 벽만 뚫어져라 노려보고 있다. 소나무 가지를 뒤흔드는 창밖의 돌풍과 따스한 크루아상 그리고 마편초 향기……

"나예요! 내 말 들립니까?"

소독약 냄새, 똑똑 방울져 떨어지는 링거액, 심전도 기계에서 나는 삐삐 소리…… 베네치아다. 그제야 내 시선이 벽을 떠나 필리프 네케르 쪽으로 돌아간다.

"자, 이제 됐어요, 우리 둘뿐입니다. 의사들이야 터무니없다고 생각하겠지만 그러거나 말거나…… 당신한테 무슨 일이 일어났는지 나는 압니다. 날 알아보겠어요?"

아니라고 대답하고픈 유혹이 참 크다. 하지만 그랬다가는 자칫 말만 더 많아질 우려가 있다. 나는 눈을 한 번 감았다 뜨는 것으로 긍정의 뜻을 표한다. 그는 부들부들 떨리는 입가에 미소를 지어 보이더니, 뭔가 잔뜩 욕심스러운 눈빛으로 한껏 목소리를 낮춰 묻는다.

"터널을 본 것 아닙니까? 그 안에서 눈을 뜰 수 없을 만큼 눈부시고 하얀 빛이 보인 것 아니냐구요! 그렇죠? 어서 말 좀 해보세요!"

무슨 소리를 하는지 당최 모르겠지만, 워낙 흥분한 목소리로 보채는지라 날 좀 가만히 내버려두라는 뜻으로 대충 그렇다고 대답할 수밖에 없다. 순간, 둥지에서 떨어진 늙수그레한 참새 같던 그의 태도가 별안간 팔팔해진다. 그는 내 몸에 연결되어 있던 전극과 주삿바늘이 온통 요동을 칠 정도로, 나를 와락 붙잡아 침대에서 일으킨다.

"어떻습니까, 제레미, 모든 걸 똑똑히 기억하고 있겠죠? 아직 기억이 생생할 때 어서 상세하게 얘기해보세요. 그러지 않으면 금세 다 잊을 겁니다!"

그는 복도 쪽으로 다가가 엿듣는 사람이 없나 확인한 뒤, 문을 단단히 닫고 나서 내 옆으로 다시 돌아온다. 범상치 않게 처절한 눈빛으로 그는 저 너머에서 누가 나를 맞아주었느냐고 캐묻는다. 나는 툭 던지듯 "캉디스"라고 대답하는데, 그건 순전히 그 이름을 입에 담는 자체가 내겐 행복이기 때문이다. 그의 낯빛이 별안간 창백해진다.

"캉디스라뇨? 그럴 리가 있나요! 그 여자는 살아 있지 않습니까! 방금까지 얘기를 나눈걸요."

그때부터 내 생각 속의 여러 정보들이 슬로모션으로 서로 충돌을 일으킨다. 아까 그놈들이 도대체 무슨 지저분한 약물을 내게 투여했는지 모르지만, 지금 머릿속이 엉망진창이다. 더이상 정신을 집중할 수가 없다. 나는 되는대로 제일 먼저 떠오르는 질문을 내뱉는다.

"얘기를 나누었다니…… 어디서요?"

"당신이 그러지 않았습니까, 그 여자가 심장병 전문의라고요. 당신 휴대폰에서 그분 전화번호를 찾아냈죠. 그리고 곧바로 연락해서 당신 상태를 알려줬습니다. 그랬더니 당신의 의료 기록을 인터넷으로 보내달라면서, 아무 걱정 말라고 하더군요. 아주 자상하게도 내게 고맙다는 인사를 잊지 않으면서 말이에요. 당신한테 또 그런 증상이 생기면 곧바로 다시 연락을 취하기로 했습니다."

순간, 나는 까닭 모를 공포감에 사로잡힌다. 그럴 필요가 없다고 느끼면서도. 무엇 때문인지 도무지 영문을 모를 일이다.

"필리프, 내게 분명 경색이 일어났던 겁니까?"

"아하!" 내 질문에 갑자기 환해진 표정으로 그가 말한다. "내 이름을 기억하는군요. 대단하십니다! 나야 뭐 의사가 한 말을 그대로 옮기는 것뿐입니다만, 당신한테는 후유증이 전혀 없는 것 같군요. 정말 놀라운 일입니다."

"후유증이라니, 무슨 후유증 말입니까?"

이쯤에서 그는 얼른 입을 다문다. 삐죽이 내민 입술을 묘하게 비트는 걸로 봐서, 얘기를 어디서 어떻게 풀어내야 할지 몰라 망설이는 □□다. 그는 침을 꿀꺽 삼키고 모니터상의 내 심장박동 추이를 □□히 살펴보더니, 결국 입을 연다.

"내가 □□ 사람들 하는 말을 옆에서 꼬박 다 들었거든요. 정확히 사 분 □□십 초 동안 당신을 놓쳤다고 했습니다!"

나는 □□하며 되묻는다.

"사 □ □십 초요?"

그는 □□상을 찌푸린 채 나를 뚫어져라 바라보며 이렇게 대꾸한다.

"이□□□고요. 보통은 '놓쳤다'는 말에 반응을 보이기 마련인데."

"'그□□들'은 또 누구를 말하는 건가요?"

"그□□러니까…… 구급대원들이죠. 임상적으로 당신은 사 분 삼□□ 동안 사망 상태에 있었던 겁니다. 하지만 결국 그 사람들□ 살린 거죠. 한마디로 기적이에요. 구급대가 제때 와주었고, □□히 병원도 400여 미터가 채 안 되는 거리에 있기에 가능했□□입니다……"

별□□ 내가 눈물을 흘리기 시작하자, 그의 표정이 일그러지다못□ □구 흐트러진다.

"아□□거 미안하게 됐습니다, 제레미. 내 표현이 다소 심했던 것 같□□□ 아까 '사망 상태'라고 한 건 그냥 말이 그렇다는 겁니다. 상태를 단계적으로 볼 때 대충 그 정도였다는 얘기죠……"

나는 어깨를 으쓱하고 만다. 나를 울게 만든 건 '사망 상태에 있었다'는 표현이 아니라, '기적'이라는 단어였으니까. 그 사람들의 기적 따위는 필요치 않다. 도대체 왜 나를 마그리트의 그림에서 끄집어냈느냔 말이다! 무슨 권리로. 그 또렷한 자각몽 속에서 나는 정말 좋았고, 시간을 뒤로 돌려 내 인생에서 제대로 이루어보지 못한 단 한 가지 일을 돌이켜 경험할 수 있다는 것이 마냥 즐거웠는데 말이다. 내가 사랑하는 여자에게 즐거움을 주면서 그것을 만끽하는 바로 그 일! 반면 그림 이편에서는 무엇이 나를 기다리고 있는가? 나를 떠나서도 잘만 살고 있는 캉디스라는 이름의 여자, 신용대출, 월말결산, 권한소멸, 계약만기 그리고 남자친구에게 바람맞는 족족 나만 붙잡고 늘어지는 어머니. 오, 이젠 제발 사양하고 싶다! 누가 이 전극과 주삿바늘을 내 몸에서 떼어내주기만 한다면, 그 즉시 물속에 뛰어들어 곧장 마그리트의 그림 속으로 돌아가고야 말 것이다.

사 분여의 사망 상태 속에서 삼 년간의 사랑을 영화의 예고편처럼 다시 경험할 수 있을진대, 지금 이 삶에 다시 비집고 들어와 숨이 끊어지길 기다리며 시간만 죽이는 게 무슨 의미가 있겠는가! 과거를 왜곡하고야 말, 그 무엇과도 닮지 않은 내일의 불안, 향수, 무기력, 나는 그 모든 것을 이미 팽개쳐버린 몸이다.

"자, 자, 어서 터널 얘기나 다시 해봅시다." 필리프 네케르가 수첩을 꺼내면서 집요하게 매달린다. "그 빛깔이라든가 느낌, 당신의 상태 같은 것을 자세히 좀 묘사해보십시오……"

"터널이라뇨?"

"네, 터널요! 눈부시게 하얀 빛이 보인다는 그 터널. NDE를 경험하고 돌아온 사람들의 55퍼센트가 바로 그 터널 속을 거쳤다지 않습니까!"

"NDE가 뭔가요?"

그는 자칫 불안감으로 번질 만큼 어리둥절한 표정으로 나를 빤히 바라본다.

"허어, 참, 당신이 경험한 바로 그거 말이에요! 'Near Death Experience', 소위 임사체험이라고 하는 것 말입니다. 죽음의 경계를 체험한다는 뜻이지요. 당신은 그 몸을 벗어나 천장으로 올라가서 지붕을 뚫고 날아올랐을 겁니다. 그리고 당신 자신의 목숨을 내던지며 터널 속으로 들어갔을 거예요. 거기서 가족 중 이미 돌아가신 분을 만나, 아직은 때가 되지 않았다는 말을 듣고 다시 돌아온 거지요. 그렇지 않습니까?"

내가 점점 더 어리둥절해하자 그의 초조감도 배가된다. 필시 나는 그런 고전적인 체계에는 잘 들어맞지 않는 케이스인 모양이다.

"그럼 당신 도대체 '어딜' 갔다 온 겁니까? 그야말로 그림 속으로 들어갔다 나온 것도 아닐 테고 말이죠."

나는 침묵으로 대답을 대신한다. 그는 만년필을 쥔 손을 그대로 멈춘 채 입만 비죽 내밀고 있다. 별안간 문이 활짝 열리면서 노의사 한 명이 당당한 걸음걸이로 들어오고, 이어서 보조인 듯한 세 명의 다른 의사가 총총히 뒤따른다. 터널에 한창 정신이 팔려 있던 필리프 네케르가 허겁지겁 수첩을 챙겨넣는다.

"알로라, 코메 스타?"

일행의 우두머리가 무솔리니처럼 턱을 쓱 치켜들며 질문을 던진다.

"그래, 좀 어떻습니까?"

옆에 있던 젊은 인턴이 격에 맞지 않는 거만한 동작으로 역시 턱을 번쩍 치켜들면서 통역한다.

대답은 나 대신 필리프 네케르가 나선다. 하지만 이탈리아어 실력을 최대한 발휘하여 환자의 상태를 묘사하려고 애쓰는 와중에, 근엄하신 노의사께선 내 의료 기록만 챙겨 벌써 저만치 멀어져간다. 곧이어 다른 의사들이 우르르 다가와 이것저것 연결된

선들을 모조리 뽑고는 내 침대를 방밖으로 빼간다.


　나는 관상동맥조영술을 거친 다음, 산부인과 쪽 통로에 자리를 배정받아 관찰 상태에 놓였다. 심장과 쪽에는 조지 클루니와 실신해버린 그의 광팬들 때문에 자리가 없었다. '관찰 상태'라고 해봐야 그냥 말뿐이었다. 나는 커피 자판기 맞은편 벽 쪽에 방치되다시피 붙어 있었고, 장래 아빠가 될 사내들이 네스프레소를 홀짝이며 그런 나를 구경하듯 바라보고 있었다. 상대적으로 좀 더 가까운 위치에 있던 필리프 네케르가 내 휴대폰을 내밀며 왠지 공범자 같은 목소리로 말했다.
　"받아봐요, 캉디스입니다."
　나는 느릿한 음성으로 "여보세요"라고 중얼거렸다. 그녀는 환자를 진찰할 때와 같은 목소리, 즉 명료하면서 뭔가에 집중되어 있고, 또박또박 힘을 준 억양이었다. 우선 사정 얘기부터 듣고 증상에 대해 이것저것 물은 뒤 그녀가 보인 마지막 반응은 맥없는 한숨이었다.
　"내가 피부과 의사였다면 아마 당신을 대상포진쯤으로 진단했을지도 몰라."

글쎄, 심인성 질환 쪽으론 생각해본 적 없지만, 나는 딱히 부정하지는 않았다. 그녀는 계속해서 같은 억양으로 얘기를 이어 갔다.

"물론 다 내 잘못이야. 내가 당신하고 베네치아에 함께 갔었다면, 일찌감치 협착증을 조심하라 일렀을 거고, 그랬으면 적어도 지금과 같은 경색은 피할 수 있었을 텐데 말이야."

"협착증이 뭔데?"

"혈관이 좁아지는 거. 당신이 이러면 내가 죄책감이 들잖아, 나 자신한테 화가 난단 말이야. 그래, 이러니까 기분이 좀 풀리니? 제레미, 당신 정말 못 말리는 남자야!"

"뭐, 그럴 것까지……"

그녀는 십오 분이 지나서 다시 전화했다. 말투가 이전과는 딴판이었다.

"방금 자료 사진을 다운로드해 봤어. 아무래도 진단을 바꿔야겠어. 당신 심장의 관상동맥은 끄떡없더라구. 협착증은 경동맥에서 일어나고 있어."

그래서 더 나쁘다는 뜻인지, 아니면 그나마 다행이라는 뜻인지…… 그녀는 지나치게 밝다 싶은 목소리로 아테롬* 찌꺼기를 긁어내기만 하면 괜찮을 거라고 덧붙였다.

"내가 당신을 보르도에 있는 롱사르 박사한테 즉시 이송시킬 테니 그리 알아."

"롱사르? 그 사람은 뇌 전문이잖아! 나랑 무슨 상관인데?"

"걱정 마. 국소마취만으로도 얼마든지 가능한 가벼운 수술 한 번 받으면 되니까. 특별한 위험도 없고 후유증도 없어. 미안, 내가 지금 좀 바빠. 환자 세 명이 기다리고 있거든."

나는 이를 악물었다. 그녀가 방금 '환자'라고 부른 것은 섭조개 추출물을 넣은 목욕 치료를 앞두고 있는 가운 차림의 세 사람을 뜻했다. 그러니까 결국, 그들은 위급하고 나는 나중에 살펴도 된다는 의미였다. 그녀는 내 욱하는 심정을 눈치챘는지, 얼른 부드러워진 음성으로 말을 이었다.

"당신 이송은 내가 알아서 조치할게. 직접 공항에 마중 나가든지, 아니면 병원에서 기다릴 거야."

곧 전화를 끊을 것 같다는 느낌에, 나는 재빨리 그 협착증이라는 것 때문에 혹시 헛것을 볼 수도 있는지 물었다.

"응, 경우에 따라서는 그럴 수도 있어. 경동맥은 원래 뇌로 혈액을 공급하는 통로거든. 그게 막히면 무슨 일이 벌어질지 아무

---

* 혈관 내에 침전되는 콜레스테롤 또는 단백질 성분의 물질.

도 장담 못하지. 한데 그건 왜 물어? 당신 헛것 봤어? 뭐가 보였
는데?"

"당신."

일순 안심한 듯, 그녀는 진짜 헛것을 보는 것과 단순한 머릿속
망상을 혼동해선 안 된다고 말했다. 그에 대해 나는 최대한 덤덤
한 말투로, 만약 내 문제가 뇌와 관련 있다면 그녀가 이러쿵저러
쿵할 수 있는 영역이 아닐 것이며, 결국 심인성으로 볼 수도 없
을 거라고 대답했다.

"제레미, 나 당신 사랑해, 알지?"

"알아."

"그럼 몸 생각 좀 해."

나는 전화를 끊었다. 그녀의 음성에서 두드러진 것은 사랑의
감정이라기보다는 일종의 직업의식이었다. 무자비한 사디즘까
지는 아니더라도 말이다. 방금 그녀는 단 몇 마디 말로, 그림을
통해 마법의 도피를 엿보던 나의 희망을 산산조각내버린 것이
다. 바야흐로 내 앞에 존재의 새로운 차원이, 새로운 시공간이
활짝 열리리라 굳게 믿었건만, 그 모든 것이 단지 머릿속 어딘가
를 틀어막고 있는 한 점 불순물의 농간이라니.

커피 자판기 주위에서 나를 바라보고 있는 대여섯 가닥의 시

선들 가운데, 나는 필리프 네케르와 눈이 마주쳤다. 그는 어딘지 수심 가득한 표정이었다. 나는 너무 신경쓸 필요 없다고 말해주었다. 괜찮은 사람 손에 맡겨질 거라고. 롱사르는 보르도에서 가장 뛰어난 외과의사이며, 캉디스의 아버지와는 골프도 자주 치는 사이라고 말이다. 그는 핼쑥한 얼굴을 절레절레 흔들더니 이렇게 말했다.

"지금 그런 얘기가 아닙니다. 당신한테 굳이 걱정 끼치고 싶진 않지만, 헛것을 보았다고 하니까 말인데…… 아까 당신이 검사받는 동안 내가 간호사들과 한참 얘기를 나눴거든요. 그런데 당신이 처음이 아니라는 거예요!"

"처음이 아니라니, 그게 무슨 소립니까?"

그는 주머니에서 이탈리아 잡지 한 권을 꺼내, 미리 접어놓은 부분을 펼쳐 보였다. 지난주 베네치아를 단체 여행중이던 오베르뉴 출신의 어느 농기구 판매원이 구겐하임 미술관에서 똑같은 종류의 증상을 보였다는 기사였다. 그 사람은 아직까지도 의식 불명 상태에 머물러 있다고 했다. 한데 함께 여행 온 사람 중 한 명이 전하기를, 그 농기구 판매원이 혼절하기 직전 "〈빛의 제국〉에 불이 꺼졌어"라고 말했다는 것이다.

나는 잡지 속 사진을 한참 동안 들여다본다. 그는 다름 아닌,

오늘 아침 그림 속 복도에 점퍼 차림으로 멍하니 앉아 있던 바로
그 남자다.

돌아오는 비행기 안에서 나는 내내 그 농기구 판매원 생각에 골몰했다. 사진기를 목에 건 채, 마치 거기가 대기실인 양 우두커니 앉아 있던 그 깡마른 남자 말이다. 마르타가 이렇게 말했었지. "당신 말을 못 들어요. 하나의 오류인 셈이죠." 그 '오류'라는 단어를 과연 어떻게 이해해야 할까? 그가 그림을 착각했다는 건가, 아니면 그림이 사람을 잘못 짚었다는 뜻인가? 나처럼 창문으로 빨려들어온 그 남자를 〈빛의 제국〉은 마치 유치장에 밀항자를 가두듯, 아무런 조치 없이 억류해두고 있었다.

아니, 어쩌면 그림은 그 안쪽에 생명력이 아쉬운 건지도 모른다. 결국 그런 식으로 그림이 생의 에너지를 빨아들여 섭취한다고 할까. 순간적인 육신의 이탈을 통해 두 세계 사이를 떠도는 영혼에게서 최상의 추억과 환상을 흡수했다가, 충분히 맛을 본 뒤 다시금 지상의 껍데기 속으로 돌려보내는 것이다. 필리프 네 케르가 말한 이론이 바로 그런 것이었다. 마그리트 그림 속에 머물던 당시의 상황을 내가 자세히 얘기해주었을 때 그가 유일하게 갖다붙인 설명 말이다. 그가 볼 때, 내가 감압실減壓室과도 같은 그림 속으로 캉디스를 투사하자, 저 피안의 세계와 나 사이의 통로가 활짝 열린 것이다. 터널은 육욕에 대한 내 강박에 가려 보이지 않았을 수 있다. 그래서 임상적 죽음으로부터 생환한 사람들의 55퍼센트가 추후에 묘사한 기막힌 영적 체험을 하는 대신, 그간 쌓였던 욕정을 한바탕 싸지르고는 다시 세상으로 귀환한 셈이다. 결국 참다운 진화를 향해서는 첫발도 내딛지 못했다는 얘기다.

섬세한 심리학자가 아니라도, 나로 인해 그가 얼마나 실망했는지 눈치채기는 그리 어렵지 않은 일이었다. 현실 속으로 온전히 돌아온 다른 생환자들이 빛의 터널에서 체득한 보편적 사랑과 신성한 에너지를 동시대인에게 베푸는 데 매진하는 반면, 나는 오로지 캔버스에 칠해진 그림물감으로 되돌아가 제 불알 속 내용물을 비워내려는 데 혈안이 되어 있었으니 어찌 실망스럽지 않겠는가!

　나는 변명을 늘어놓겠다는 생각은 전혀 없이, 당연히 들어 마
땅한 그의 비난을 먹먹한 귀로 얌전히 듣고 있었다. 글쎄…… 의
식을 되찾자마자 내가 마그리트의 상상 세계 속에서 진짜 캉디
스를 되찾는 최선의 방법으로 자살을 생각했다는 사실을 과연
그가 알고나 있는지.

　"제레미, 솔직히 당신한테 이런 얘기까지 하는 건 좀 미안한
데, 이번에 일어난 일은 당신에게 좀 과분한 것이었어요! 맙소
사, 자고로 유체이탈이라는 현상은 당신이 당신 자신과 맺고 있
는 관계에 전적인 변화를 가져와서 사소한 걱정거리와 기본적인
욕구를 훌쩍 초월하게 만들어야 정상인 겁니다. 그러니 어서 정
신 차리고 제자리를 찾으세요!"

　기대에 어긋날 뿐인 나의 경험담을 거듭 들쑤시면서 내 전망
을 흐리고 있는 이 성가신 친구를 떼어내기 위해, 나는 다시금
합리적인 입장을 취해야만 했다. 나는 그의 논지를 분석하고 반
박했으며, 그가 내린 결론을 허물어뜨렸다. 그가 말한 오베르뉴
출신의 농기구 판매원에 대해서는, 내가 베네치아로 오는 비행
기 안에서 아무 생각 없이 잡지를 들추다가 얼떨결에 보았을 수
도 있고, 무의식적 기억의 작용으로 그 그림 속에까지 끌어들인

것에 불과할 거라고 말해버렸다.

"지금 잠복기억을 말하는 겁니까?" 그러자 필리프 네케르는 다소 공격적인 어조로 이죽거렸다. "의식에서 누락된 기억이 갑자기 고개를 들어 정신분석의들 체면이나 세워주는 따위요? 물론 그런 것일 수도 있겠죠. 가령 뇌의 질식 상태가 임사체험 현상의 설명이 되어줄 환각을 유발할 수 있는 것처럼요. 다만 임상 연구에서 뇌파측정 사례들이 보여주듯, 뇌 안에 전기자극이 더이상 일어나지 않을 경우 헛것이 보이는 현상을 포함해 뇌가 그 어떤 기능도 수행할 수 없게 된다는 점이 문제입니다. 아울러 태어나면서부터 앞을 못 보는 사람 역시 임사체험 현상을 체험한다는 사실도 그렇고요. 시각적 기억이 전무함에도 불구하고 터널뿐 아니라 그 여정의 보호자까지 자세히 묘사하고, 심지어 유체이탈시 목격했던 심장제세동기의 일련번호까지 제시한다는 거 아닙니까. 외과의사들이 쓴 진지한 연구 논문들을 읽어보세요!"

나는 더이상 아무 말도 하지 않았다. 하지만 그는 달랐다. 이번에는 조롱기가 가득한 말투로 이렇게 말했다.

"당신의 그 마르타란 여자는 또 어디서 불쑥 튀어나온 걸까요? 그 여자 역시 무의식적 기억이란 말입니까?"

"아뇨, 그런 것 같지는 않습니다."

"레몽 무디 박사가 정리한 방법에 따르면, 그 마르타란 여자의 출현은 임사체험의 일곱째 단계에 해당합니다. 그 여자는 당신과 더불어 인생에 방점을 찍고, 되돌아갈 것이냐 마느냐를 선택하는 데 도움을 주기 위해 저세상으로부터 파견된 안내자인 셈이지요."

"그럼 나의 수호천사란 말입니까?"

"호칭이야 편한 대로 부르면 됩니다. 그 여자가 당신을 예전의 난봉질로 돌려보내는 뚜쟁이 역할을 했다면, 그건 당신의 진화 과정에서 그 단계가 반드시 필요했다는 뜻입니다. 물론 그 자체도 하나의 단계일 뿐이지만요."

그는 말하다 말고 문득 수심 어린 표정을 지었다. 그러고는 침대에서 창가로, 창가에서 침대로 서성대기 시작했다.

"신기한 점이라면, 당신이 그 여자를 알아보지 못했다는 사실입니다. 일반적으로 그런 역할은 자신과 가까운 사람이 맡는 법이거든요. 그 여자가 기꺼이 그곳에 나타났다면, 필경 당신과 어떤 공통분모라든가 연결점이 있는 존재일 겁니다. 내가 나중에 인터넷으로 좀 찾아봐야겠어요."

눈치아티 대저택을 나오기 전, 그는 자신의 맥 PC로 마그리트에 관한 모든 사이트를 뒤져보았다. 그러나 화가의 전기에 마르타라는 이름의 모델이 언급된 적은 단 한 차례도 없었다.

우리는 일단 공항에서 작별 인사를 나누었다. 그는 런던을 경유해 에든버러로 향하고, 나는 보르도로 이송되었다. 그는 계속해서 안부를 전하겠다고 나에게 약속했고, 나는 그동안 도와준 것에 대한 감사의 뜻을 표했다.

"지상에서의 유예 기간을 잘 활용해 당신 인생을 고쳐보도록 하세요, 제레미, 오케이? 그러라고 당신이 지금 이렇게 생환한 겁니다. 그림 속으로 현실도피나 하라는 게 아니고요."

"알았습니다."

장비들로 가득찬 가방들 때문에 휘청거리는 그의 호리호리한 실루엣을 나는 조용히 눈으로 더듬었다. 그는 이제 부랴부랴 스코틀랜드로 날아가, 그곳 부동산 사무소에 자신의 업무 시간에 준한 청구서를 제출하고, 유령의 부재 상황을 등재할 터였다. 그렇게 해서 또 한 달 생활비를 가까스로 버는 셈이다. 그의 인생 또한 내 인생 못지않게 구차하다는 생각이 들었으나, 그렇다고 해서 위안이 되는 것은 전혀 아니었다.

이별보다 더 마음 아픈 재회도 있는 법이다. 캉디스는 보르도 대학병원에서 나를 기다리고 있었다. 지금 그녀 눈에 나는 하나의 의학적 대상으로 보일 뿐이다. 내가 그녀에게 베네치아와 문제의 그림에 대해 이야기하려 애쓰는데도, 그녀는 오로지 내 혈관과 혈압, 정신 상태 그리고 자기 빚 갚을 일에만 온통 정신이 팔려 있다. 결국 나는 그녀가 떠드는 대로 내버려둔다. 가만 보니 벌써 서류와 수표를 챙겨 가지고 온 상태다. "모든 걸 제대로 정리해놔야지, 혹시 또 모르잖아⋯⋯" 이럴 땐 말끝을 흐리는 말줄임표가, 기관단총을 난사하는 것처럼, 내 맘에 구멍을 뚫는 것 같다.

물론 그녀가 옳다. 문제는 어디까지나 뇌에 있는 것이다. 그러니 의사로서 불안해하는 상황도 이해가 된다. 그렇더라도 지금 당장 그녀가 염두에 두는 건 치명적인 결과 자체보다 내 어머니를 어떻게 상대할지 하는 점이다. 내 정신 기능이 현격하게 축소될 경우 궁극적으로 내 어머니 비비안 렉스 여사께서 나의 보호자로 나설 것이 분명하고, 보나마나 내 나이 네 살부터 열두 살 때까지 종횡무진 휘둘러오신 매니저로서의 그 무시무시한 능력이 이번에도 가차없이 발휘될 게 뻔하니까.

아르카숑 로세앙 대로에 거주하는 나 제레미 렉스는 2007년 3월 15일 사단법인 미틸리아 해수요법센터의 주식 매입 용도로 캉디스 들라트르 박사에게 무이자 대여한 3만 유로 전액을 금일 회수하였음을 확인함. 대여금 전액 청산 완료.

우리는 똑같은 서류 두 장에 날짜를 쓰고 서명한 뒤 포옹했다. 그리고 절차를 마무리하는 뜻에서 서로의 입술에 살짝 뽀뽀까지 했다. 흔히들 결혼식 때 하는 것처럼 말이다.

"안 그래도 초기 배당수익에서 월말결산 때마다 당신한테 상환하려던 참이었어." 그녀는 어색해진 분위기를 떨치기 위해 이렇게 말했다.

그러면서 세면대와 텔레비전 사이에 위치한 간이탁자 속에 수 표 봉투를 슬그머니 밀어넣었다. 그런 다음 영수증 두 장을 자기 서류철에 끼워넣더니, 이제 남은 건 세무서에 가서 공증을 받는 일뿐이라고 했다. 그리고 다시 돌아와 내가 보관할 한 장을 내주 겠다고 했다.

"그러면 피차 앞으로 성가실 일 없을 거야."

나는 보일 듯 말 듯한 눈짓으로 수긍의 표시를 했다. 평소에 나는 열정보다 평안을, 열광보다 평정을 선호하는 사람들을 경 멸해왔다. 그런데 지금 그녀가 꼭 그런 사람들처럼 되어 있었다.

"다시 말하지만 정말 고마웠어, 제레미. 당신은 내게 진정으로 도움을 준 유일한 사람이야."

나는 깍지를 끼고 그녀의 손을 그러쥔 채 얼굴을 빤히 바라보 았다. 우리가 더이상 사랑을 나누지 않게 된 이후, 그녀의 가슴 이 다소 납작해졌다는 사실을 제외하고 내 마음에 위로가 되는 유일한 일이었다. 앞두고 있는 수술 따위는 전혀 두렵지 않았다. 다만, 살면서 그나마 대단했다고 자부할 만한 것, 즉 아역배우를 해서 벌어들인 3만 유로와 함께 나라는 존재 자체가 간명하게 처 리되었다는 사실이 사람을 망연자실하게 만들었다. '대여금 전액 청산 완료'라니…… 말 한번 그럴듯하지 않은가!

필리프 네케르는 나더러 인생을 고쳐보라고 충고했지만, 이 이상 뭘 더 어쩌란 말인가? 캉디스는 자신이 원하는 것을 이루었고, 나와 헤어져서도 아무 문제 없이 살아왔으며, 그녀의 행복은 나의 유일한 관심사였다. 나는 이미 역할을 다했고, 이제 더이상 집착할 그 무엇도 없었다.

마침내 피에르이브 롱사르 박사가 모습을 드러냈다. 세이셸 군도에서 방금 돌아온 것처럼 검게 그을린 피부에 짙은 회색으로 물들어가는 머리칼 그리고 눈썹 위를 가르는 은은한 주름이 매력적인 풍모였다. 그는 마치 조리법을 공개하는 수석 주방장 같은 말투로, 향후 전개될 시술 과정을 내게 상세히 설명했다. 우선 목 아랫부분을 절개하고, 귀 높이의 경동맥 내벽을 긁어낸 다음 다시 봉합한다. 그러고 나서 하루이틀 후면 거뜬히 퇴원할 수 있다는 얘기. 어떤 마취 방법을 원하느냐는 질문을 받고서야 나는 움찔했다. 그는 국소마취를 권유했는데, 이유인즉 환자의 의식이 깨어 있는 상태라야 모니터를 통해 뇌의 반응을 더 잘 체크할 수 있다는 것이었다.

"아뇨. 저는 전신마취를 하고 싶습니다."

내 목소리에 담긴 희망을 그가 간파했는지는 잘 모르겠다. 그는 그저 이렇게 대답할 뿐이었다.

"뭐 좋으실 대로. 그럼 나중에 봅시다. 여전히 미인이네요, 캉디스. 아버지께도 안부 전해주시고."

그러고는 겔랑 '아비 루주' 향기를 뒤로한 채 우리 둘만 남기고 휑하니 자리를 떴다. 싱글인 엄마와 함께 산 장점이 있다면, 바로 남성용 향수를 척척 알아맞힌다는 점일 것이다. 지금껏 살아오면서 내가 유일하게 나만의 진정한 영역 표시를 한 적이 있는데, 열다섯 살 때 세면대 선반 위에 널려 있던 질베르인가 마티외인가 하는 회사의 화장품 파우치를 치우고 내가 쓸 면도크림 통을 당당히 올려놓은 때였다.

"어머니께는 알린 거야?" 내가 어머니 생각을 할 때면 귀신같이 눈치채는 캉디스가 나를 빤히 내려다보며 물었다.

"응. 지금 내 이부동생이랑 사르트에 계셔. 그 친구가 리예트* 광고를 하나 찍고 있거든. 촬영이 끝나면 한번 들를 거야."

갑작스럽게 달라진 내 억양에 그녀가 쓸쓸한 미소를 짓는다. 워낙 화려하고 잘난 집안에서 항상 지나친 관심 속에 숨막혀하고 주눅들고 열등의식에 사로잡히기 일쑤였던 그녀는 나의 태평

---

* 돼지고기나 거위고기를 잘게 다져 만든 음식. 주로 병조림 형태로 판매한다.

스럽고 초연한 태도가 부러운 듯했다. 어쨌든 나로서는 최선을 다했지만, 내 무조건적인 사랑은 여전히 그녀 가족의 판단보다 덜 중요하게 여겨졌다. 더구나 그런 사랑을 받을 자격이 있다는 점을 그녀 자신에게 납득시키지도 못한 내가 아닌가. 결국 내 돈을 갚으면서 그녀의 마음이 편해졌다는 사실은 내가 실패자임을 다시 한번 확인시켜줄 따름이다.

그녀는 시계를 흘끔 살피더니, 미틸리아의 이사회에 참석해야 한다고, 그래서 더이상 내 곁을 지키고 있을 수가 없다고 했다. 나는 괜찮다고 대꾸했다. 그녀는 내가 실망감을 감추고 있다 생각했지만, 그건 오산이었다. 정말 아무 문제가 없었다. 수술을 받느라 깊은 수면 상태에 빠지는 바로 그 순간부터 그녀가 우리 관계의 초기 단계에서와 똑같은 모습으로 다시 나타날 것임을 나는 잘 알고 있었다.

"정말 부탁인데, 괜히 나 때문에 더 아파하는 일이 있어선 안 돼, 제레미."

내 귓가에 살짝 입을 갖다대면서 중얼거리듯 내뱉은 그 말은 정녕 그녀 마음속 깊은 곳에서 우러나온 말이었다. 나는 그런 일은 없을 거라고 단호히 부인했다. 단순히 믿을 만하다고 하기에는 부족할 정도로, 나는 그 확실성을 진지하게 느끼고 있었다.

그녀는 모두 다 잘 풀릴 거라고 거듭 이야기하고는 한숨을 내쉬며 내 시야에서 퇴장했다. 나는 그녀가 정말 사라져주는 것이 기뻤고, 어서 나 혼자 남아 앞으로 일어날 일에 대한 기대감을 음미하고픈 마음뿐이었다. 그만큼 마그리트 그림 속에서의 러브신으로 돌아가고 싶어 안달했다. 어떤 의미에서 나는 그녀를 속여가며 그녀 자신과 바람을 피우는 셈이었다. 그런데도 당사자는 전혀 눈치채지 못하니, 기분이 다소 씁쓸하기도 했다.

얼마 동안 의식이 없었는지는 모르겠다. 아쉽게도 나는 주황색 조명을 밝힌 방과 캉디스의 육체 그리고 마르타의 세심한 배려를 뒤로한 채 깨어나고 말았다. 한데 차츰 정신이 말똥말똥해지면서 깨달은 것은 그 모든 것에 대한 기억이 전혀 '새삼스럽지' 않다는 사실이었다. 즉 〈빛의 제국〉과 관련한 모든 이미지와 감정, 감각들은 지난번에 보고 느낀 바로 그대로였다. 분명 이번에는 그림 속으로 돌아간 것이 아니었다. 혹은 기억을 깡그리 잊은 걸까.

마취사가 비켜서자 뒤이어 보이는 롱사르 박사의 얼굴. 둘 다 아주 흡족한 표정이었다. 모든 것이 완벽하게 굴러간 모양이다.

그들 얘기가. 경색 정도는 경미한 편이었고 후유증도 없을 거라고 했다. 별달리 조심할 일도 없고, 지금껏 해오던 일상생활을 그대로 유지하란다. 그저 붕대나 갈아주면서 젤라틴 캡슐 약 몇 알을 복용하고, 일 년에 두 차례 검사만 받으면 만사 오케이라고.

나는 잔뜩 풀이 죽어 있었다. 담요 속에 푹 파묻힌 채, 텅 빈 머리가 연신 지끈거렸다. 결코 정상 상태로 돌아가고 싶지 않았다. 저 사람들의 가짜 현실 속에 재진입한다는 생각만 해도 견딜 수가 없었다. 나는 더이상 저들과 함께할 사람이 아니었다. 나는 이곳의 사람이 더는 아니었다.

그렇고 그런 어리석은 짓들과 성전聖戰, 금융위기 그리고 다이어트에 관한 조언을 두서없이 쏟아내고 있는 텔레비전 앞에 나 홀로 남겨둔 채 다들 방을 빠져나갔다. 설상가상으로 어머니가 예상보다 빨리 나타났고, 옆에는 이부동생 에제시엘이 사람들 눈에 확 띄는 선글라스를 끼고 서 있다. 리예트 광고촬영이 비 때문에 중단된 것이다.

"키키한테는 그야말로 재앙이나 다름없지. 아마 일정이 이틀은 더 지연될 거야. 원래는 드라마 〈더 아름다운 인생〉 오디션을 보기로 되어 있었는데 말이지. 그나저나 좀 어떠니? 미미 너 때문에 우리가 얼마나 걱정한 줄 알아? 녀석하고는!"

우리를 그런 식으로 부르는 건 그녀만의 독특한 고집이다. 일
단 작품의 오프닝 크레디트에서부터 사람들의 주목을 끌게끔 우
리에게 예언자의 이름을 붙여준 것도 그렇지만,* 그걸 자기만의
우스꽝스러운 방식으로 줄여서 부르는 작태는 또 뭔가. 바깥으
로는 되도록 돋보이게 만들면서도 툭하면 어미로서 자식을 깎아
내리는 것이 결국은 그 자식을 위하는 길이라는 게 어머니의 유
일한 교육철학이었다. 알다시피 그런 방식이 어느 정도 효과를
거둔 것도 사실이고 말이다. 이를테면 이런저런 단역 캐스팅에
만 뻔질나게 얼굴을 내미는 열다섯 살 반 나이의 암페타민 중독
자랄지, 사춘기 시절부터 이미 조기 은퇴의 길로 들어서고 만 사
회부적응 만성 우울증 환자, 아울러 자동차 몇 대 까부수고 지금
은 프렌 소재 청소년 교화원에 수용되어 있는 막내 쥐쥐, 즉 조
쉬에**도 빼놓아선 안 될 것이다.

"네 주치의 선생님 말씀이 모든 게 다 잘됐다고 하더라. 너에
대해 아주 흡족해하시더라구."

---

* '에제시엘'과 '제레미'는 각각 '에제키엘'과 '예레미야'의 프랑스식 발음이다.
** '여호수아'의 프랑스식 발음.

그 말을 들으니 문득 내가 나오는 편집용 필름을 일일이 뷰어로 확인하던 시절로 돌아간 듯한 느낌이다. 감독님의 칭찬이 있을 때마다 엄마의 기세가 등등해지던 바로 그 시절 말이다.

"그런데 전화상으로는 네 상태가 그리 맑아 보이지는 않았어. 그래서 난 또 널 수술할 사람이 캉디스인 줄 알았지 뭐냐!"

마치 껌을 질겅대듯 늘어지게 '캉-디스' 하고 발음하는 꼴이라니. 어머니는 삼 초 동안 이어진 나의 침묵을 애써 무시하고는, 내처 말을 이었다.

"아무튼 이제는 안심이다. 그 계집애가 너한테 저지른 못된 짓을 생각하면……"

순간 담요 속 움츠리고 있던 내 발가락들이 욱하는 심정과 함께 꿈틀댔다.

"엄마, 도대체 무슨 말을 하는 거예요? 그 여자 나한테 못된 짓 한 적 없어요. 우리 사이는 무척 좋다고요."

"하긴 그렇겠지!" 어머니는 살금살금 속삭였다. "그런데 말이다, 뇌출혈로 인한 착란 증세라는 것이 바로 그런 유화적인 징후로 느껴질 수 있다더라."

나는 내게 어머니 역할을 하고 있는 저 구태의연하고 헤픈 여자를 참담한 심정으로 물끄러미 바라본다. 로라이즈진에 프라다

블레이저코트로 잔뜩 겉멋을 부리고, 보톡스와 히알루론산을 주입해 얼굴 표정에 변화가 거의 없는 기막힌 몰골이다.

"뇌출혈이 아니에요, 엄마. 그냥 동맥이 살짝 막혔던 것뿐이에요."

"아, 뚫어뻥 한 방이면 되는 건데!" 순간, 시커먼 선글라스 렌즈 뒤로 숨은 이부동생이 씩 한번 웃고는, 그럴듯한 음향효과에 하수구 뚫는 시늉까지 곁들여가며 대차게 내뱉었다.

"얘가 말은 저렇게 해도 얼마나 걱정한 줄 모른단다." 듣고 있던 엄마가 거들었다. "아무튼 미미, 다시는 이런 식으로 우릴 놀라게 해선 안 돼, 알겠니?"

그러고는 이러다 링거 주머니를 터뜨리는 것 아닌가 싶을 정도로 느닷없이 나를 꼭 껴안았다. 내가 태어나기 전 삼류 여배우로 활동했던 경력이 늘 의식적으로 내세우려 하는 매몰찬 흥행사의 이미지를 깨고 밖으로 비어져나오는 이 같은 일은, 다행히도 특별한 상황이 아니고는 거의 일어나지 않는다.

아무리 돌이켜봐도, 그녀가 내게 이렇다 할 효심을 불러일으킨 적은 없었던 것 같다. 그렇다고 내가 그 점을 불만스럽게 여긴 적도 물론 없었고 말이다. 그녀는 딱 석 달 반 동안 아빠를 행복하게 해주었다. 휴가 기간 내내 새벽 네시에 맞춰 첫 빵들을 함께 구워내면서 아빠가 종종 해주던 얘기에 따르면, 그때 엄마가 평생 잊지 못할 행복을 선사했다는 것이다. 겸연쩍어서 그런지 자세한 내용은 밝히지 않았지만, 아빠는 눈빛만으로도 이미 많은 걸 이야기하고 있었다. 글쎄 뭐랄까, 별을 사랑하는 지렁이의 모습이라고나 할까. 별의 숨겨진 이면을 경험한 뒤 다시금 지구로 돌아와 무척이나 행복해하는 지렁이의 모습 말이다.

사실 두 사람의 첫 만남에는 꽤 재미나는 사연이 있다. 때는 비비안 렉스 씨께서 저 특별한 바네트*표 빵을 위해 친히 연기를 하사 아르카숑 만을 배경으로 광고를 찍던 그 시절. 콘티에서 요구하는 대로 완전히 벌거벗은 그녀는 노란 빵껍질을 뒤집어쓴 채, 타는 듯한 모래사장에 누워 하루 여덟 시간을 꼼짝 않고 견뎌야 했다. 자크 브렐의 이런 노래가 흘러나오는 가운데 말이다. '파도가 기억한다면 그대에게 이렇게 전하리/ 바네트를 위해 나 그 많은 노래를 불렀다고……' 한편 아빠는 지역 제빵사협회 회장 자격으로 촬영현장을 둘러보며 당시 나름대로 소견을 피력하고 있었는데, 그런 아빠를 제작자로 착각한 엄마는 자신의 직무 이상으로 이것저것 참견하는 그의 태도를 군말 없이 수용했다.

---

* 개인 제빵업자 협동조합의 빵집 브랜드 중 하나.

그로부터 두 달 후, 아빠 말마따나 '생반죽이 한껏 발효했을 때' 엄마는 체념하듯 마찬가지로 모든 걸 받아들였다. 나는 두 사람이 헤어지고 난 뒤 태어났고, 자식의 양육은 둘이 분담하기로 합의했다. 학업은 파리에서 하고, 방학 때마다 아빠의 제빵업을 돕는 식으로 말이다. 엄마는 아빠가 내 출생신고를 신속하게 처리하는 걸 반대했다. 아빠의 성을 물려받는 게 싫었던 것이다. 내가 인생을 살면서 더 근사한 성공을 거두기 위해서는 푸아트리노라는 성보다 렉스라는 성이 훨씬 도움 될 거라는 게 엄마의 생각이었다. 결국 아빠는 내 성을 놓고 벌인 엄마와의 논쟁에서 고집을 꺾지 않을 수 없었고, 그저 애먼 유리창에 자기 성을 휘갈겨보는 것으로 자존심을 달랬다. 아빠가 돌아가신 뒤, 나는 내 신분증의 렉스라는 성에 붙임표를 넣고 푸아트리노라는 또다른 성을 병기하도록 조처했다. 내게 의미를 가질 유일한 묘비명 속의 성은 그렇게 해서 만들어졌다.

"그리고 제발 먹는 것 좀 조심하고! 내가 늘 말하지만, 고기 너무 많이 먹지 마라. 그러니까 피에 기름이 끼고 혈관에도 때가 앉지. 결국 어떻게 되는지 이번에 톡톡히 경험하지 않았니. 그나마 네 동생이 채식주의자인 게 얼마나 다행인지 모른다."

나는 아무 말도 하지 않았다. 에제시엘은 나중에 라르자크에서 치즈 제조인으로 변신에 성공한 영국인 시나리오 작가의 아들이다. 그런가 하면 조쉬에는 무슬림 갑부의 롤스로이스 자가용을 모는 운전기사이면서 마치 자기가 차주인인 양 행세한 어느 놈팡이의 자식이다. 요컨대 엄마는 언제나 출세지향적인 자신의 소명을 어이없는 오판으로 망치기 일쑤였다. 비디오게임에 나올 법한 멋진 육체에도 불구하고 그런 오판과 실수가 그녀를 그나마 인간적으로 만들었다고 할까.

엄마는 자기가 낳은 자식을 물끄러미 바라보더니, 곧이어 시계와 휴대폰을 번갈아 살폈다. 원래 그녀는 문제가 정리되는 즉시 지루함을 느끼는 타입이었다.

"야, 모니터 죽이는걸!" 자기가 무슨 드라마 〈응급상황〉 제작 준비 작업이라도 하는 것처럼, 아까부터 뇌파측정기의 모니터만 주구장창 들여다보던 채식주의자가 툭 내뱉었다.

그는 플라스틱 의자 위로 축 늘어지더니, 몸 상태가 너무 녹초라 기차를 탈 수 없을 것 같다며 엄살을 부렸다. 가뜩이나 정신이 멍한 상태에서 성 말고는 나와 공유하는 것이 하나도 없는 이 두 이방인과 한동안 같이 있다보니, 나의 외로움과 초연함, 마치 유배된 듯한 느낌이 더더욱 배가되는 것 같았다. 한 여자의 뻔하고 통속적인 수다와 한 풋내기 청년의 겉멋 들린 멍청한 태도 사이에서 나는 힘겹게 흥미로운 척하고 있었다. 급기야 내 입에서 좀 쉬어야겠다는 말이 새어나왔다.

"아 참, 제작자가 전에 너 나왔던 〈내가 스타였을 때〉 DVD를 보내왔더구나." 어머니는 대답 대신, 툭 던지듯 이렇게 말했다. "시간 때우며 보기에 좋을 거야."

그녀는 가방을 부랴부랴 뒤지더니, 지난 3월 거의 강제로 떠밀다시피 해서 나를 출연시킨 프로그램의 녹화 DVD 하나를 꺼내 탁자 위에 내려놓는다. 지난주 내가 일부러 보지 않고 지나쳐버린 바로 그 방송분이다. 텔레비전 시청자들이 몰락한 유명인의 운명 앞에서 자기만족에 실컷 빠져들도록 온갖 관음증적 요소들을 버무려놓은 프로그램. 나는 휠체어 신세를 지고 있는 전직 수영 챔피언과 지금은 노숙자로 전락한 1980년대의 인기 아기 가수, 금융계의 귀재로 이름을 날리다 사법 처리되어 갱생의 길을 걷고 있는 어느 인사 그리고 왕년 리얼리티 프로그램의 대박 스타였다가 이젠 단물 다 빠져 휴먼 프로그램에나 가끔 얼굴을 내밀 뿐인 여배우와 함께 거기에 출연했었다. 리포터가 옛날 내 연기 장면들 중 두 커트를 소개하는 사이, 아르카숑에서 빵집 임시 조수로 일하는 내 현재 모습도 공개됐는데, 예전에 아버지의 빵가게였다가 지금은 은행 지점으로 변해버린 건물 앞에서 포즈를 취하는가 하면, 미틸리아 해수 욕조에 몸을 담그는 모습도 찍혔다.

"캉디스 회사의 광고를 해주는 장면은 정말 한심해." 문득 어머니가 말한다. "그 섭조개 해수 목욕인가 뭔가 하는 거 있잖니. 정말이지 나 참…… 그럴 바엔 동생이 조만간 〈수호천사 조제핀〉을 촬영할 거라는 얘기나 슬쩍 내비치지 말이야."

실제로 나는 캉디스네 회사에 손님 좀 끌어주겠다는 생각에서 그 촬영에 응했다. 그것도 사회자가 별 볼 일 없이 허덕이던 나를 구원해준 헌신적인 약혼녀로 캉디스를 소개한다는 조건을 걸고 말이다. 그것에 대해 그녀 가족은 그럭저럭 감사의 뜻을 표하기까지 했다.

"그래, 미미, 너 회복하는 동안 무얼 할 생각이니?"

나는 제법 경청하는 자세로 비비안 렉스를 바라보았다. 햄버거처럼 성형한 두터운 입술 사이로 혀가 드러나 보였다. 그녀가 말할 때, 나는 언제나 그 너머 또다른 무성無聲의 목소리를 손쉽게 간파하곤 했다. 이번 역시 내게 마음을 쓰는 이면에 그녀는 여러 가지 생각을 굴리고 있었다. 예컨대 나로 인해 발생할 비용, 내 부실한 공제조합, 만기가 다 되어가는 아르카숑 해변의 내 원룸 보증금 그리고 나이 오십을 내다보는 애인들이 수시로 드나드는 자신의 샹젤리제 대로변 방 두 개짜리 아파트의 안전한 확보 등등.

"걱정 마세요, 엄마. 나도 내 갈 길 정도는 알고 있으니까."

억양에 묻어나는 의연함이 그녀의 마음을 진정시키는 것 같았다. 나는 아무것도 요구하지 않았고, 무척 자신감 넘치는 태도를 취하고 있었다.

"아무튼 알아서 잘해라. 자, 키키, 이제 형 좀 편히 쉬도록 해주자꾸나. 너도 촬영하려면 내일 컨디션 생각해야지. 그리고 미미, 무슨 일 있으면 지체 없이 전화해야 한다. 어쨌든 담당의가 유능하다니, 벌써 많이 좋아진 것 같기는 하다. 그럼 잘 있거라."

"안녕, 브라더. 테이크 케어."

한껏 멋을 낸 헤어스타일과 유행을 따른 옷차림 그리고 분재盆栽만한 몸집을 움직여 방에서 나가는 두 모자의 모습을 나는 묵묵히 지켜보았다. 사실 그들을 볼 때마다 아버지를 빼다박은 내 모습이 그렇게 뿌듯할 수가 없었다. 머리 벗어진 거라든지 영락없는 시골뜨기 같던 걸음걸이, 1미터 92센티미터에 달하는 신장, 어머니에겐 한낱 잔꾀로만 비쳤던 그분의 감수성과 역시 어머니는 까마득히 모르고 지낸 인간적으로 어두운 부분들……
아버지와 나는 숫기 없는 성향이 서로 맞물려서 그런지, 많은 대화를 나누지는 못했다. 뭔가 깊은 얘기를 나눌 상대로 아버지가 그리운 것도 이번이 처음이다. 지금 옆에 있다면 〈빛의 제국〉에 관해 실컷 떠들어댔을 것이다. 그러면 아마도 내가 경험한 것을 고스란히 이해하셨을 텐데. 필리프 네케르처럼 황당무계한 과학적 추론을 통해서가 아니라, 아버지 자신의 가슴으로 말이다!

그렇다. 지금 내가 어디로 가려 하는지, 왜 그래야 하는지 나는 잘 알고 있었다. 문제는 방법을 찾아내는 일이었다.

난데없이 스튜어디스 같은 목소리가 중얼중얼 들린다.

"나는 이 물리적 육신을 훌쩍 뛰어넘는 존재입니다. 물질 자체
를 뛰어넘기에, 나는 물질적 세계 너머의 것을 파악할 수 있습니
다…… 나는 긴장을 풀고 내 육신의 한계를 잊어버려야만 합니
다……"

그때 널찍한 유리창 너머에서 전문가의 음성이 불쑥 끼어
든다.

"제레미, 지금 당신에게 4만 헤르츠를 보내고 있어요. 느껴지
는 건 무엇이든 내게 말해줘야 합니다."

내 귀 바로 위까지 이상한 헬멧이 푹 씌워져 있고, 내 머리통

전체가 빨판 같은 전기신호 감지장치를 장착한 망 같은 것으로 뒤덮여 있다. 그런 상태로, 파장이 전달될 때마다 나의 뇌 반응이 따로 연결된 모니터에 고스란히 기록되는 것이다. 어둑한 공간, 치과용 안락의자에 길게 누운 나는 천장에 투사되어 있는 〈빛의 제국〉의 창문들을 멀뚱히 쳐다보면서, 규칙적인 간격을 두고 머리를 가로지르는 단속적 음향이 어서 나를 그림 속으로 들여보내주기만을 고대하고 있었다.

보아하니, 헤미싱크 인증표가 보증하는 아주 잘 짜인 프로토콜이 진행중인 듯하다. Frequency Following Response, 이름하여 주파수 추종 응답 프로세스. 음파에 대한 뇌의 반응이 유체이탈을 촉발하는 것으로 간주되고 있다. 실제로 죽을 필요 없이, 일종의 인위적인 임사체험이 가능하다는 얘기다. 좀 투박하게 말하면, 내 오른쪽 귀에서 잡아낸 주파수와 왼쪽 귀에서 잡아낸 주파수의 차이가 의식의 변화된 상태를 창출해낸다는 것이다. 지금 당장 내게 느껴지는 건 오른쪽 장딴지에 살짝 쥐가 나는 듯한 증상과 코끝의 간지럼증이다. 나는 그 느낌을 전문가에게 그대로 전한다. 그에 대한 응답으로 내 머리를 덮고 있는 헬멧 안에서 삑 하는 고주파 소리가 작렬한다.

"잠깐 쉬었다 하겠습니다." 전문가는 스위스 억양이 실린 느린 말투로 이렇게 말한다. "이 분 후에 좀 다른 파장을 시도해보겠습니다. 온도는 이 정도면 괜찮겠습니까?"

나는 그렇다고 대답한다. 사과향 풍기는 공기가 긴장을 풀어주면서, 머리통을 감싼 문어 같은 전기장치를 잊게 해주는 것 같다.

스위스 항공 스튜어디스의 합성된 음성이 다시 같은 말을 반복한다.

"나는 이 물리적 육신을 훌쩍 뛰어넘는 존재입니다. 물질 자체를 뛰어넘기에……"

"자, 다시 시작합니다!"

스위스 보 주州 출신 남자의 쾌활한 외침과 함께, 일련의 새로운 소음이 마치 터널 속을 달리는 오토바이처럼 내 머릿속을 가르고 지나간다.

"눈에 보이는 걸 그대로 말해주십시오, 제레미."

나는 시키는 대로 한다. 한데 그다지 흥미롭지가 않은 모양이다.

"창문에 집중해보세요. 다시 체험하고 싶은 아름다운 기억들이 당신 머리가 아닌 저 그림 속에 있다고 되뇌는 겁니다…… 어때요, 잘돼갑니까?"

나는 전문가의 심기를 거스르지 않기 위해 그렇다고 대답한다. 그렇게 사고작용 연구소의 모르모트가 된 지 세 시간이 지났다. 노벨상 수상자 한 명과 보 주 연금공단 이사장의 공동책임하에 운영되는 사고작용 연구소는 레만 호숫가의 잔디 언덕에 위치한 선팅된 유리 건물에 입주해 있다. '의식 추적' 분과의 책임자는 샤를로트 라살오르티즈라는 여자. 유기농 요구르트 광고에나 나올 법한 마른 체형에 타이트한 작업복, 바짝 당겨 틀어올린 빨간 머리에 날카로운 미소, 동그란 안경알 너머 사악한 눈빛이 반짝거리는 얼굴이다. 그녀는 필리프 네케르의 옛 애인이기도 하다.

"어때요, 제레미, 괜찮습니까?"

그녀의 위압감 넘치는 목소리가 내 헬멧 속 전문가의 중얼대는 소리를 대체했다. 나는 약간 짜증스러운 투로 괜찮다고 대답했는데, 실은 '지겹다'는 의미로 한 말이었다. 그들이 이따위 음향효과로 장난을 치는 시간에, 조금이라도 더 일찍 마그리트의 작품 속으로 나를 보내주었으면 하는 마음뿐이었다.

"당신의 잠재력이 작동중입니다." 여자는 이런 말로 나를 안심시키려 했다. "반응이 아주 긍정적이에요. 이제 주파수를 정제하기 위해 약간의 조정을 더 가할 겁니다. 자, 긴장을 푸세요."

그 말을 들으며 나는 이곳에 온 걸 후회하기 시작한다. 반면 필리프 네케르는 전화통화에서 무척 설득력이 있었다. 그는 나를 위해 사고작용 연구소에 직접 연락했고, 내 케이스를 설명한 다음 나를 적극 추천했으며, 대기자 명단에서 끝내 특혜에 가까운 상위 자리를 얻어냄은 물론, 로잔까지 나와 동행하겠다고 했다는 것이다. 하긴, 그 모든 과정에서 나라는 존재는 옛 애인과 어떻게든 다시 엮이기 위한 구실에 지나지 않았을지도 모른다.

"그림에 집중하란 말이에요, 제레미!"

그림에 집중하라고? 지난 이 주 동안 내가 하는 일이 그것 말고 또 뭐가 있다고…… 병원에서 나온 뒤, 적어도 겉보기에 나의 모든 상황은 전보다 나아지고 있었다. 우선 재정 상태가 계좌를 회복시킬 수준에 이르자마자 담당 은행원과 임대인이 언제 그랬나 싶게 유화적인 자세로 돌아왔다. 고용청 직원은 더는 나를 볼 필요가 없어진 걸 무척 기뻐했고, 캉디스는 호전된 내 건강 상태에 마음을 놓는 눈치였다. 그도 그럴 것이, 모처럼 해수요법센터 운영에 전념할 수 있게 됐으니 말이다. 그런가 하면 나는 나대로 원룸에 얌전히 처박혀 침대에서 안락의자로, 안락의자에서 발코니의 긴 의자로 왔다갔다하며 지내고 있었다. 물론 그 와중에도 〈빛의 제국〉 복제화를 구해놓고 몇 시간을 그것만 들여다보다가,

잠자리에 들 즈음이면 그 그림과 완전히 하나 되는 경지까지 이르곤 했지만 특별한 일은 전혀 일어나지 않았다.

한편 나는 천하무적이 되어 있었다. 미술관장 모리스 에르빌로가 쓴『마그리트의 매혹의 힘』이라는 두꺼운 책을 포함해 열두 권에 이르는 관련 비평서를 탐독했고, 마그리트의 전 작품을 다시 살펴보았으며, 그의 모든 예술적 착상과 그로 인한 영향들을 장시간 곱씹었다. 그가 나를 자기 그림에 다시 초대할 경우, 기회를 놓치지 않고 냉큼 뛰어들기 위해 작품 스타일을 철저히 숙지하는 노력 또한 잊지 않았다. 하지만 그 모든 준비는 아무 쓸모 없는 것이었다. 오리지널 작품 앞에서만 효력이 발휘되는 모양이었다. 아니면 복제화 어딘가에 치명적인 결함이 있든지.

내가 확인한 〈빛의 제국〉의 열 점에 이르는 연작들 중에는 2002년 뉴욕 크리스티 경매에서 무려 1300만 달러에 팔린 것도 있었다. 하지만 내가 가지고 있는 것은 캉디스가 자기 방에 붙여 놓은 포스터와 똑같은 것으로, 첫번째 버전이었다. 몇몇 마그리트 전기작가들의 견해에 따르면 그렇다는 얘기다. 반면 그것이 여덟번째 버전이라고 보는 전기작가들도 있다. 베네치아 비엔날레 기간 동안 네 명의 예술품 수집가에게 마그리트 자신이 각각 따로 약속했지만, 결국 페기 구겐하임의 손에 들어간 가장 큰 작품 말이다. 그 문제를 확인하기 위해 내가 미술관에 전화 문의를 했을 때는 마침 보수공사 때문에 문을 닫은 직후였다. 공사 기간은 대략 석 달 정도. 그간 집에서 나머지 아홉 개의 버전들 속으로 입장하려 한 모든 시도는 하나같이 실패로 귀결되고 말았다.

석 달이라는 기간 내내 나의 접근을 내치기만 할 뿐인 사진들 앞에서 마냥 기다리는 나 자신의 꼬락서니를 지켜보는 것도 여간 괴로운 일이 아니었다. 도대체 어찌해야 한단 말인가? 브뤼셀, 뉴욕, 도쿄를 돌아다니면서 미술관마다 쳐들어가 창문이라도 깨고 들어가야 하나? 개인 소장품들까지 넘봐?

그나마 맨 처음 나에게 그림 속으로의 통로를 열어준 젊은 여인의 흔적이 남아 있었다. 마그리트에 관해 인터넷을 샅샅이 뒤진 끝에, 마르타 베크만이라는 여자의 흔적을 포착한 것이다. 그녀는 그림 모델이 아니라, 화가가 1940년 봄 카르카손에 두 달간 머물 때 함께 지낸 조에 부스케의 레지스탕스 조직 일원으로 소개되어 있었다. 마르타 베크만은 이듬해 게슈타포에게 검거되어 아우슈비츠에 수용된 것으로 알려졌고, 그 밖에 다른 언급은 전혀 찾아볼 수 없었다.

마그리트는 그 여인을 사랑했을까? 혹시 그림 속 창가에 여인을 그려넣고 나서, 아내의 질투 때문에 주황색 물감으로 덧칠을

해버린 것은 아닐까? 나는 그 여인의 혼령이 가스실에서 한순간 〈빛의 제국〉으로 이동한 것이라 상상해보기도 했다. 하지만 그녀가 나에게 모습을 드러낸 그림은 1953년작이었다. 과연 그녀가 무려 십삼 년 동안 화가의 머릿속에 대기하고 있었단 말인가? 아니면 그 그림보다 먼저 다른 화폭들 속을 떠돌아다니고 있었을까? 어쨌든 나는 〈내면의 여인〉이라는 제목이 붙은 그림에 관한 그 어떤 언급도 발견하지 못했다.

마르타 베크만이 수용소에서 사망했는지를 알아내기 위해 나는 각종 유대인 단체들에 문의를 해보았다. 이상하게도 그녀는 아우슈비츠행 기차에는 올랐지만, 그곳 수감자 명단에는 이름이 기재되어 있지 않았다. 혹시 수용소로 가는 도중에 탈출한 것일까? 아니면 도착 전에 살해당해 열차 밖으로 내던져진 것일까? 쇼아* 다큐멘터리 작가들에 의하면 당시 그런 일이 비일비재했다고 하지 않나. 그들은 나에게 철도청의 문서보관소를 파보라고 조언해주었는데, 거기서도 이쪽저쪽 뒤지고 다닌 끝에, 결국 여섯 달 전 사망한 어느 철도 역사가와 조우하게 되었다. 그 양반이 정리해놓은 연보에는 마흔여덟 명의 베크만이 기재되어 있

---

* 히브리어로 '대학살'을 일컫는다.

었고, 나는 그들 모두와 일일이 접촉했다. 그러나 다들 내가 찾는 사람과는 동명이인일 뿐이거나 딱히 회상할 거리가 없는 사람들이었다.

요컨대 그 모든 조사활동은 〈빛의 제국〉으로부터 한참 벗어나게 만드는 결과를 낳았을 뿐이다. 그러는 가운데 그림 속에서 내가 체험한 것은 점점 그 현실성이 퇴색되어갔고, 알게 모르게 스며드는 의구심은 결핍으로 인한 금단증상만 심화시켰다. 달리 방도가 없어진 나는 캉디스에게 모든 속내를 털어놓기로 했다. 그녀의 데카르트적인 명석한 정신에 맞서 저 신비스러운 그림을 통해 나에게 일어난 기상천외한 사건을 낱낱이 고백하기로 결심한 것이다.

우선 나는 해수요법센터 안에 있는 식이요법 레스토랑으로 그녀를 불러냈다. 내 입에서 나온 첫마디 말은 그녀의 호기심을 자극했다. "당신은 그 마그리트 그림을 볼 때 무슨 생각이 들어?" 아니나 다를까, 그녀는 자신에 대한 거부감, 아버지의 이미지, 재건축 등등 잡다한 이야기를 꺼내기 시작했다. 나는 얼른 화제를 돌렸다. 식전주가 나올 때는 잔뜩 몸을 사리던 그녀는, 이어서 전채요리가 나오고 조개류의 효능에 대해 내가 일장 연설을 늘어놓을 때는 다소 긴장을 푸는 눈치였다. 그러다 주요리가 나오면서부터 다시금 움츠러들었고, 나는 슬슬 유체이탈 경험담으로 이야기를 이끌어갔다.

한데 그녀는 얼마 듣지도 않고 말을 싹둑 자르는 것이었다. 그런 종류의 환상은 케타민의 작용으로 설명할 수 있는데, 뇌에 산소가 결핍되면서 분비되는 일종의 해리성 마취 성분 때문이라는 것이었다. 그 결과 의식이 분리되면서 여러 가지 소리와 빛이 감지되고, 무의식 속에서 실감나는 장면과 줄거리가 전개되는 일도 있을 거라고 했다…… 어찌나 적극적으로 받아치는지, 혹시 내게 뭔가를 숨기고 있는 것이 아닌가 싶기도 했다. 임사체험 상태에서 느꼈던 직관력이 다시 느껴졌다. 만약 그녀가 나와 함께 그림 속으로 빨려들어갔다면 어땠을까? 그래서 나와 똑같은 기억을 가지고 나왔다면?

"제레미, 그건 비정상적인 심령현상 같은 게 아니고, 정신분석학적 현상일 뿐이야. 〈빛의 제국〉이 당신한테 그토록 중요하다면, 당신도 내가 한 공부를 좀 해야 할 거야."

"그게 무슨 소리지?"

"그 그림은 다름 아닌 당신 내면의 집이라 할 수 있어. 다만 당신이 그걸 못 알아보는 거지. 지하실에서 다락방까지, 그 집의 구석구석을 당신 스스로 살펴봐야 해. 당신이 좋아하지 않는 것,

원하지 않는 것을 직시할 용기를 가지란 말이야. 그 속의 가구들을 과감하게 바꾸고 방을 새로 꾸미는 거지…… 그 집은 바로 당신 자신이야. 그런데도 당신이 진정 그곳에 살지 않기 때문에 내게 열쇠를 내어줄 수 없는 거지. 결국 우리가 함께할 수 없다는 얘기라구. 암만 애를 써도, 나는 당신의 환상과 두려움의 일부에 지나지 않는 거야. 누구든 자신의 두려움을 일소하지 못하는 한 과거 속에 처박히게 될 뿐이고, 그렇게 되면 미래를 만들어나가는 우리의 꿈은 심각한 방해를 받기 마련이지. 나 때문에 당신이 그 그림을 좋아하게 됐다면, 그건 결코 우연이 아닐 거야."

우리가 함께할 인생의 전망을 제시하겠다는 건지, 아니면 나를 떨쳐내기 위해 그림 속으로 되돌려보내겠다는 건지, 도무지 이해가 안 됐다. 자기계발서 같은 말투와 이도 저도 아닌 부드러운 태도가, 별로 희망을 두어선 안 될 것 같았다. 나는 거북스러운 기분을 가라앉힌 뒤, 그녀가 내게 숨기고 있는 진짜 감정이 무엇인지 얼굴 표정에서 읽어내기 위해 애쓰고 있었다. 한데 그녀의 섭조개들이 병에 걸렸을 줄이야! 직원 한 명이 오더니, 목욕 치료 때문에 발생한 세 가지 알레르기 증상에 대해 보고를 하는 것이었다. 어쩔 수 없이 점심을 중단해야만 했다. 그녀는 자리에서 일어나며 이렇게 결론지었다.

"마그리트는 지금 당신한테 거친 현실보다 처리하기 손쉬운 꿈속의 해결책을 제시하고 있는 거야. 하지만 더이상 그런 식으로는 잠들지 않는 게 좋아."

"'거친 현실'이라니, 예를 들면 어떤 거?"

"당신 어머니, 제빵업, 나, 모두와 완전히 절연한 뒤 아르카숑을 떠나 첼로를 가지고 파리로 가서 당신의 운을 시험해보는 것. 당신은 나보다 훨씬 재능이 많잖아."

"그럼 당신은 나와 헤어져도 괜찮다는 건가?"

"오히려 그렇게 함으로써 당신을 다시 볼 기회가 생길지도 모르니까."

결국 나는 가져간 미술서적들을 다시 챙겼고, 나만의 창문들도 죄다 도로 닫아버렸다. 한데 〈빛의 제국〉이 내 앞에서 지독히도 문을 열지 않는 것과는 반대로, 책만 펼치면 짓궂게 나타나 내게 들러붙는 것 같은 마그리트의 또다른 작품이 하나 있었다. 바로 1939년도의 포스터인데, '반反파시스트 지식인 감시위원회'를 위해 제작된 것이다. 거기엔 벨기에 정치가 레옹 드그렐이 거울 속의 자기 모습을 들여다보는 모습이 그려져 있는데, 실제로 거울에 비치는 것은 다름 아닌 히틀러의 얼굴이다. 포스터 제목은 〈렉스의 진짜 얼굴〉.

마그리트의 작품 제목에 내 성이 왜 들어가 있단 말인가? 단순한 우연의 일치인가, 하나의 징표 혹은 메시지인가? 대체 어떤 식으로 맥락을 이해해야 하는가? 밤에 꿈속에서, 내게 마그리트의 창문을 열어주던 마르타의 아리따운 이미지는 언제부터인가 달리는 기차 밖으로 그녀를 내던지는 나의 모습으로 대체되어 있었다. 그리고 마조히즘 성향을 집요하게 밀고 나간 나머지, 나는 어머니한테 전화를 걸어 내가 모르는 그녀의 아버지의 인생에 대해 물어볼 정도였다. 다행히 그 내용을 여러 인터넷 사이트에서 확인할 수 있었는데, 요지는 앙드레 렉스가 1940년 6월 런던에서 드골 장군과 합류했다는 것이다. 그것은 한편으로 그가 마르타의 운명과 무관하다는 점에서 내겐 안심이 되었고, 아울러 또다른 한편으로는, 유력한 징표 하나가 내게서 박탈되었음을 의미하는 것이기도 했다. 결국 어떻게 다시 시작할 수 있는지 점점 더 모호해지는 가운데 원점으로 돌아온 상황이었다.

자칫 심각한 우울증으로 번질 뻔한 그 강박적 무기력 상태에서 나를 끄집어내준 것은 스코틀랜드에서 돌아온 필리프 네케르의 전화 한 통이었다. 알고 보니 그 역시 깊은 심연 속을 헤매고 있었다. 그간 탐지하던 서른다섯 채에 달하는 성채에서 어떤 유령의 기척도 잡아내지 못했을 뿐만 아니라, 자기한테 일을 맡긴 호텔 사업자가 파산하는 바람에 돈을 받지 못했고, 엎친 데 덮친 격으로 공항에서 장비들까지 도둑맞고 말았다는 것이다. 그는 마치 구명대에 매달리듯 절망적인 내 상황을 붙들고 늘어졌다. 그는 내가 〈빛의 제국〉 안으로 돌아갈 수 있는 방법은 오직 하나라고 했다. 즉 전에 거기 들어갔던 상황을 그대로 재현하는 것. 한데 자기가 보기에는 아무래도 샤를로트 라살오르티즈야말로 아무 위험 없이 내게 잠재적 임사체험을 하게 해줄 유일한 적임자라는 것이었다.

"자, 눈을 감으세요." 그녀가 다시 말한다. "지금까지는 포커스 2단계였습니다. 이제 심층 명상의 전기적 활동을 촉발시켜서 당신의 알파파에 작용하게 할 겁니다. 그림의 어느 한 지점에 집중해주세요. 준비되셨습니까?"

내가 고개를 끄덕이자, 머리에서 어깨 위로 늘어진 선들이 다 함께 흔들린다. 천장에 투사된 마그리트의 그림을 쳐다보면서 나는 주황색 창문 하나와 마르타가 내게 열어주었던 1층 덧창 중 어디에 집중할지 망설이고 있다.

"3…… 4…… 5……"

각 숫자 사이의 침묵마다 내 귓속에선 소리 없는 간지럼증이 느껴진다. 필경 초음파 형태로 자극이 바뀌었을 터. 그런 느낌

속에서 상충하는 온갖 이미지들이 어지러이 출몰한다. 예컨대 아버지가 빵을 굽던 장소, 영화촬영 장면, 사랑니, 열세 살 때 캉디스와 함께했던 첼로 교습 시간, 내가 카랑바르*를 하나 주자 배시시 웃던 어느 걸인, 수학 시간에 복통에 시달린 일, 요트 여강사와 함께한 내 첫 경험, 초록색 작업복 차림의 사내들이 절단기로 잘라버린 어머니 집 맞은편의 플라타너스 나무, 저축은행 고객 상담 여직원과의 말다툼 등등……

요컨대 내 인생의 중요한 단계들과 별 의미 없는 세세한 일들이 제멋대로 뒤섞이면서, 각기 거의 똑같은 강도로 반응했다. 문득 누가 나의 뇌를 뒤죽박죽으로 망쳐놓는 것처럼 아주 불쾌한 느낌이 엄습한다. 그렇게 해서 결국 나라는 인간을 재설정하고 있다는 느낌. 나는 더이상 내 사고를 통제할 수가 없다. 뭐랄까, 바이러스에 감염되어 고장난 컴퓨터를 어느 전문가한테 맡겼더니, 그 전문가가 나로선 도통 못 알아먹을 처음 듣는 기능들을 어쩌구저쩌구 설명해줄 때 그 앞에서 느낄 법한 황당한 심정이라고나 할까.

"6…… 7……"

---

* 프랑스 캐러멜 사탕 상표.

반숙 달걀을 작은 티스푼으로 깨뜨리듯, 내 두개골을 뭔가가 톡톡 두드리는 느낌이다. 그런 다음부터는 머리통이 부글부글 끓는 냄비 같다는 생각이 든다―내가 연기처럼 머리 위로 뿜어져올라가, 나 자신을 물끄러미 내려다본다……

"8…… 9……"

아무튼 이 사람들이 자기들 하는 짓을 제대로 알고 하는 것이기를 바랄 뿐이다. 필리프 네케르는 나와 재회한 리옹 역의 TGV 안에서 이들의 연구와 그 성과, 명성에 대해 입에 침이 마르도록 칭찬을 늘어놓았었다. 요컨대 과학의 광기에 몸 바친 진지한 스위스 사람이라는 식으로 말이다. 그렇다 해도, 경제적 위기가 그들에게 타격을 준 건 어쩔 수 없는 모양이다. 잔디는 엉망이고, 화장실에 비누도 없으며, 시간당 1000스위스프랑을 내겠다는 나 같은 얼간이는 얼마든지 대환영인 것 같으니 말이다.

"자, 정신 바짝 차리세요…… 이제 포커스 12단계로 넘어갑니다, 제레미!"

일순 음향의 파동이 오른쪽 귀를 침범하는가 싶더니, 일종의 날카로운 기류가 왼쪽 귀를 뚫고 지나간다. 갑자기 어지러운 속도로 나는 나 자신을 이탈한다. 나는 빛의 집과 천장 그리고 옥상 테라스를 연달아 관통하고 호수 위 구름층을 뚫고 올라가, 별들이 떠 있는 우주 한복판으로 치솟는다.

정말 잘들 하는 짓이다. 경치 하나는 끝내준다! 내 발밑 저만
치 지구가 내려다보이고, 달은 왼손에 잡힐 듯 떠 있는가 하면,
토성의 고리가 바로 코앞에 보인다. 하지만 이건 내가 바란 게
전혀 아니다. 아마 주파수를 잘못 맞춘 모양이다. 아니면 내가
깜빡 잠이 들었던가. 이러다가는 또 내 잘못이 될 것 같다. 그들
은 유체이탈시 의식을 조종해 나아가야 할 테니 반드시 깨어 있
어야 한다고 누차 주의를 주었었다. 그러지 않으면 잡동사니 꿈
들이 뒤죽박죽 들어찬 자루 속으로 휘말려들 수 있다고 말이다.
뇌의 알파파에 작용하는, 이들이 내게 보내준 음파는 명상과 별
빛의 투사 사이 정확한 경계선상에 나를 붙잡아주기로 되어 있
었다. 그들 말로는 그것이 스케이트 선수가 얼음판에 뛰어들기
직전 앞으로 펼쳐 보일 레이스를 머릿속에 그려볼 때의 뇌파와
정확히 일치하는 주파수라고 했다.

"기술적으로 약간 문제가 생겼군요, 제레미. 뭐 별것 아닙니
다. 자, 다시 조정해보죠. 집의 내부로 의식을 투사해보세요. 그
안에서 찾아내고 싶은 것을 생각하세요. 이제 쾌락 정보를 수치
화해서 그걸 당신한테 보내줄 겁니다."

나는 알아들었다는 표시로 눈을 깜빡인다. 몸안으로 돌아오긴

했는데, 온몸이 완전히 마비된 느낌이다. 물론 미리 예고된 증상으로, 지극히 정상이다. 포커스 12단계에서 내 사고는 신체기능들로부터 완전히 유리돼, 스스로 원하는 지점에서 구체화된다. 실제로 그런 현상이 가능하리라 여기기엔 지나치게 멋진 감이 있지만, 내겐 다른 선택의 여지가 없다. 나는 실험의 여러 단계들과 그 배경이 되는 이론을 받아들이고 그에 따른 부담을 감수하기로 서명했다. 그러지 않았다면 이들 역시 나를 받아들이지 않았을 것이다. 또한 이들은 '고체' 질료의 99.99퍼센트가 텅 빈 공간으로 이루어졌음을 증명하는 일부 과학출판물에도 내 이름을 올리게 했다. 바로 그 공간을 '나머지 요소'가 점하는 게 분명한데, 그걸 '의식의 정보처리장'이라 불렀다.

내가 제대로 이해했다면, 바로 그러한 장場이 우리 몸의 세포들을 끊임없이 관류하고 있으며, 이는 텔레비전이 눈에 보이지 않는 전파를 가시적 이미지들로 변환하는 이치와 같다. 아울러 나처럼 임사체험을 경험했을 때, 그 관류량은 급격히 증가한다는 것이 이들의 주장이다. 사고작용 연구소 소속 연구원들에 따르면, 여태껏 나는 채널 1—나 자신의 고유한 의식—을 수신한 것에 불과했지만 이제는 수많은 채널, 즉 그만큼 다채로운 타인의 의식 스펙트럼을 접할 수 있는 수준에 도달해 있었다. 그러면서 나 자신이 그 원격조종의 주체로 자리한다는 것이다. 결국 마그리트의 그림 속에 무단 거주하고 있는 젊은 여인은 내 혈관에 문제가 생기거나 음향적 기술효과에 힘입어 내가 물리적 육체의 한계를 초월하는 순간, '내가 원하기만 하면' 언제든 나를 자기 있는 그곳으로 끌어들일 수 있는 셈이다.

"참 독특해요. 당신이 이곳으로 돌아온 방법 말이에요. 그런 건 누구도 내게 선보인 적이 없거든요."

마르타의 목소리다! 그러고 보니 실험실이 갑자기 자취를 감추었다. 내가 있는 곳은 주황색 창문의 방인데, 캉디스 취향의 벽지라든가 장식들, 〈내면의 여인〉이 놓여 있던 이젤은 어디로 갔는지 보이지 않는다. 그 대신 평생 그토록 꿈꿔오던 악기인 로스트로포비치의 첼로가 내 손에 쥐여 있다. 보르도 오페라극장에서 캉디스와 함께 그의 대기실로 용케 숨어들던 날 내가 눈여겨봐두었던, 멋진 스티커와 이름 이니셜로 장식된 바로 그 첼로. 나는 감격의 눈물을 글썽이면서, 나로서는 엄두도 내지 못할 화음을 끌어내며 현 위를 미끄러지는 활을 숨죽여 지켜보고 있다. 내가 한 번도 연주해보지 못한 벤저민 브리튼의 협주곡이다. 가만 보니 악기가 저 스스로 내 손가락을 끌어당기며 연주하고 있다. 갑자기 활의 움직임이 뚝 멈춘다.

마르타가 빙그레 미소 짓는다. 그리고 고개를 살짝 숙이는데, 웨이브 진 머리채에는 아무런 미동도 없다. 그녀는 지난번과 똑같이 하운즈투스 무늬 투피스 차림이다. 아마도 전쟁 전에 유행하던 스타일이 아닐까. 나는 안부를 묻는 듯한 평범한 말투로, 혹시 아우슈비츠로 실려가는 도중에 죽었느냐고 묻는다. 그녀는 큼직한 거울이 놓인 폐쇄된 벽난로에 팔꿈치를 괸 채, 아무 대답 없이 나를 바라보고만 있다. 그녀의 눈동자에서 진실로 당황한 기색이 읽힌다. 아니, 어쩌면 신중함인지도 모른다. 그녀는 고개를 숙이면서, 그건 내가 관여할 문제가 아니라고 툭 내뱉는다. 나는 그래도 기억이 떠오를 수 있게 내가 뭔가 도울 수 있지 않겠느냐며 거듭 채근한다.

불현듯 그녀의 표정이 희미해진다. 정체 모를 진동이 한 차례 건물을 휩쓸고 지나가면서, 마치 바로 아래에 지하철이 통과하는 것처럼 발바닥을 흔든다. 그녀는 움찔하는가 싶더니, 얼른 자세를 추스르고 힘차게 외친다.

"자, 연주하세요!"

순간, 첼로가 절로 지시를 따르면서 내 손이 덩달아 움직인다. 벽이 부르르 떨리면서 그녀의 표정에 따라 변모한다. 흡사 어떤 통증이 한쪽에서 다른 쪽으로 퍼져가는 것 같다. 그녀는 나이가 변하면서 시들었다가, 생생해졌다가, 다시금 윤곽이 또렷해지더니, 첼로의 화음에 맞춰 이미지가 자리를 잡아간다. 이어서 고개를 뒤로 젖히고 눈을 지그시 감은 채 숨을 고른다. 마치 첼로의 음향을 들이마시기라도 하는 듯하다. 잠시 후, 그녀가 손을 번쩍 든다.

"좋아요, 그만 됐습니다. 아주 아름답긴 하지만, 당신이 할 일은 따로 있어요, 제레미."

그 순간 내 손은 허공을 주무르고, 첼로는 이미 자취를 감춘 뒤다. 그녀 뒤에 있던 거울이 환하게 밝아지면서, 불현듯 〈내면의 여인〉이 그 안에 비친다. 노파의 겉껍질을 벗어버리고 상체를 드러내는 젊은 미녀의 뒷모습을 응시하다 말고, 나는 캉디스를 만나볼 수 있는지 묻기 위해 마르타 쪽으로 고개를 돌린다. 한데 미처 입 밖으로 말을 꺼내기도 전, 문득 손안으로 감겨오는 따스한 온기가 나의 희망에 화답하는 것 같다. 하지만 그마저도 잠깐, 나는 금세 손을 놓아버린다. 흠칫하며 뒤로 물러서는 나의 시야에 이미 구체화된 실루엣 하나가 들어온다. 환상적인 가슴에 불투명한 피부, 풍성한 레게 머리의 한 흑인 여성이 활짝 웃는 얼굴로 저만치 서 있다. 가만 보니, 수영복 차림의 어깨를 가로지른 어깨띠에 '미스 뱅센'이라는 문구가 새겨져 있다.

나는 여주인을 향해, 약간의 오해가 있는 것 같다는 표시를 한다. 나는 진짜 캉디스, 전에 알던 나의 캉디스를 만나러 온 것이지, 아무렇게나 바꿀 수 있는 망상 속 애인을 만들러 온 게 아니다. 마르타는 억울하게 욕을 먹고 있는 납품업자 같은 표정으로 한숨을 내쉬더니, 내게 문 쪽을 가리키며 마지못해 툭 내뱉는다.

"따라오세요."

한편 미스 뱅센은 미인대회 참가자 특유의 억지 미소에 더욱 힘을 주면서 나를 향해 손을 흔드는가 싶더니, 묘한 약품 냄새 속으로 천천히 사라져버린다. 나는 마르타를 따라 끝이 없을 것 같은 복도를 걷는다. 복도 이곳저곳에 움직임이 없는 고양이들과 개들이 널려 있는데, 마르타는 일일이 다정한 말을 건네면서 마치 홀로그램을 통과하듯 그것들을 지나가버린다. 반면 나는 그들의 서글픈 눈빛이 왠지 모르게 마음에 걸려 조심조심 피해서 걷고 있다.

그녀는 난간 벽을 따라 '신원 확인중'이라는 글자가 깜빡거리고 있는 나선계단을 걸어올라간다. 층계참에 이르자, 그녀가 어느 문을 열고 내게 들어가보라고 손짓한다. 대리석 벽난로를 중심으로 큼직한 가죽 안락의자들만 여기저기 놓여 있는, 책이 하나도 없는 서고다. 벽난로 안의 장작 받침쇠 위에는 가스로 작동하는 모형 장작이 쉭쉭 소리를 내고 있는데, 자세히 들여다보니 '이것은 장작이 아니다'라는 글귀가 새겨져 있다. 이번에는 방안에 주황색 불빛이라곤 찾아볼 수 없다. 대신 부연 연기 속에서 사방 벽을 따라 장식등처럼 붙어 있는 푸르스름한 '비상구' 표시 박스들과 몇 개의 촛불만 희미한 광채를 발하고 있을 뿐이다.

두 남자가 파업중인 공항 대기실을 연상시키는 표정으로 모형 장작의 가짜 불꽃을 우두커니 바라보고 있다. 한 명은 캐시미어 스웨터 차림에 파이프를 문 땅딸막한 체구의 대머리 사내이고, 다른 한 명은 덕지덕지 화장을 한 나머지 뭉친 분가루가 얼굴에서 마구 떨어지는, 병원 환자복을 입은 노인네다.

"오늘의 불청객들을 소개할게요. 위베르와 위르겐입니다."

마르타의 말이 끝나기 무섭게 그들이 나를 쓱 돌아본다. 나는 가볍게 인사를 건넨 뒤, 어디서 온 분들인지 정중히 묻는다.

"룩셈부르크와 텔아비브예요. 위베르 씨는 잠깐 거치시는 분이고, 위르겐 씨는 아예 눌러앉은 분이죠." 마르타가 대신 짧게 대답해준다.

"난 이 집 주인이야!" 순간 대머리 땅딸보가 대우에 불만을 품은 VIP 고객 같은 날카로운 목소리로 외친다. "마그리트 어딨어? 왜 그 인간이 직접 나를 맞이하지 않는 거냐구!"

그녀는 마그리트가 결코 오지 않을 거라 대답한다. 마그리트는 자신의 작품을 욕되게 할 뿐인 돈 많은 수집가들보다 동시대의 젊은 화가들과 어울리는 것을 더 좋아한다고 말이다.

"흥, 내 그럴 줄 알았어. 그 친구는 언제나 공산주의자라니까!"

그렇게 이죽거리는 대머리에게 마르타는 어쩌다가 이곳에 오게 되었는지 되새겨보라고 무뚝뚝하게 권한다. 사내는 갑자기 화들짝 놀라더니 관자놀이를 짚어보고는, 자기 손가락에 묻은 피를 거북스럽게 노려본다. 곧이어 입을 비죽 내밀며 대수롭지 않다는 듯 이렇게 말한다.

"잠깐 정신 놓고 있는 거겠지, 뭐."

"그러니 이젠 떨치고 일어나야죠!"

"고객들이 파산한 건 내 책임이 아니란 말이야!" 그가 팔걸이를 주먹으로 쿵 내리치면서 또박또박 힘주어 말한다. "나의 명예는 건재하다고!"

"그런 식으로 합리화한다고 사람들이 당신을 찾아와주진 않아요."

"난 이 그림 안에서 아주 편한걸!"

"천만에요! 지금 위조품을 진품인 양 속여 가지고 있다는 거 당신도 잘 알지 않습니까! 진실을 억지로 외면하려는 태도는 이제 버리세요!"

급기야 대머리는 파이프를 악물면서 고개를 홱 돌려버린다.

"이히 빌 스테르벤……" 바로 그 순간, 화장한 노인이 퀭한 눈을 내게로 치켜뜨며 애원조로 중얼거린다.

"이분은 그런 거랑 아무 상관 없어요!" 여주인이 그렇게 내뱉고는, 내 팔을 홱 잡아당긴다. "자, 이제 그만 당신한테로 돌아가죠."

그렇게 이끌려 서재 밖으로 나가면서 내가 묻는다.

"방금 전에 저 사람이 뭐라고 한 겁니까?"

"죽고 싶다네요. 그 마음은 충분히 이해하지만, 아무나 보고 다짜고짜 그런 말을 하는 건 예의가 아니죠."

층계참에는 점퍼 차림의 농기구 판매원이 목에 여전히 사진기를 매단 채 난간에 기대서 있다. 그가 침울한 목소리로 마르타에게 묻는다.

"이제 저는 어떻게 되는 겁니까?"

"열심히 해보라니까요!" 마르타가 짜증스러운 목소리로 대답한다. "활발히 좀 나서고 자신을 드러내서 사람들을 불러봐요! 지금 당신은 액자틀 안에 갇혀 있는 거예요. 그걸 살아 숨쉬게 만드는 건 당신 몫이죠! 피안의 세계로 가는 건 안락한 유람 여행이 아닙니다! 그 자체가 고생길이에요!"

"하지만 지금 나는 혼수상태란 말입니다!"

"그러니까 더 정신 차려야죠! 자, 어서 움직여봐요! 당신 스스로 아무것도 주문하지 않고서, 누가 챙겨줄 거라 기대하지 말란 말입니다!"

"난 깨어나고 싶습니다! 아내와 세 명의 자식이 있는 몸이라고요!"

"그러니까 깨어나시라니까요!"

"제발 날 좀 도와줘요!"

"그럼 나는요, 나는 누가 도와준답니까?" 갑자기 그녀가 사내의 옷깃을 부여잡고 마구 흔들어대면서 귀에 거슬리는 소리를 뱉어낸다.

그때 삑삑거리는 잡음과 함께 땅이 진동하면서 건물 전체가 흔들리는가 싶더니, 벽에 걸려 있던 그림들이 떨어지고 계단이 무너져내리면서, 마르타의 얼굴이 잘게 쪼개져 흩어지기 시작한다. 그녀는 잽싸게 나를 돌아보며 이렇게 내뱉는다.

"당신이 무슨 짓을 하는지 알겠어요, 제레미? 이런 식으로 돌아가선 안 되죠. 자연스럽지가 못해요. 위험한 방식이라구요. 이러다 자칫 다 망치는 수가 있어요! 내가 원하는 건 사랑이지 과학이 아니란 말이에요!"

그녀는 집 뒤편으로 나 있는 창문을 활짝 연다. 아무것도 보이지 않는다. 아무것도 칠해지지 않은 무無 자체다. 그녀는 내 팔을 힘껏 잡아당겨 허공 속으로 휘청하게 만든다.

"애당초 그런 식으로 나를 찾아와선 안 되는 거였어요!"

그녀가 그렇게 외치는 사이 나는 어느새 내 몸속으로 돌아와 있다.

나를 에워싸다시피 한 모니터들에서는 삑삑거리는 잡음이 계속해서 울리고 있다. 치과용 안락의자 위로 푸른색 작업복 차림의 다섯 사람이 나를 굽어보고 있다.

"정말 놀랄 노자로군!" 필리프 네케르가 한 음절 한 음절 힘주어 말했다.

"1차 시기에선 보지 못했던 현상입니다." 샤를로트 라살오르티즈가 맞장구친다.

그들은 여봐란듯 바캉스 사진을 자랑스레 꺼내놓는 사람들처럼, 내 코앞에 각종 도표와 그래프를 들이댄다.

"일어날 수 있겠습니까?"

나는 손가락을, 어깨를, 맨 마지막으로 고개를 움직여본다. 그리고 내가 몇 시간이나 그 집에 머물러 있었는지 물어본다.

"네 시간입니다."

나는 화들짝 놀라 벌떡 일어선다. 그럼 4000스위스프랑이나 내야 한다는 말 아닌가! 그들은 얼른 나를 붙잡아, 일반 의자에 앉힌다. 이건 말도 안 된다. 거의 강탈이나 다름없다! 내 느낌에는 기껏해야 오 분 정도 이곳을 떠나 있었던 것 같다. 그동안 무얼 했느냐고? 첼로의 환영과 미스 뱅센의 육체를 접하고, 인사를 나누고, 엉뚱한 사람의 하소연에 귀를 내주다가 난데없는 질책이나 당한 뒤, 허공으로 곤두박질치고 만 것이 전부 아닌가.

나는 고개를 돌려 벽시계를 바라본다. 오후 일곱시 삼십분! 나는 그들이 미리 빼놓으라고 한 손목시계를 호주머니에서 꺼내 시간을 비교해보고는, 딱딱하게 굳은 채 입을 다문다. 거짓말이 아니었다. 아니, 오히려 실제보다 짧게 알려준 셈이다. 내가 저 막막한 우주공간으로 던져지기 전 마지막으로 시계를 봤을 때가 오후 세시 십이분이었다.

"어서 디브리핑 준비하세요!"

빨간 머리의 지시를 받은 부하직원들 중 한 명이 허겁지겁 밖으로 달려나간다.

"당신이 잊어버리기 전에 모든 증언을 기록해둬야 하거든요."
필리프 네케르가 내게 설명해준다.

잠시 후 사람들이 콜라와 각설탕 하나, 비스킷 하나를 가져다 주고는, 나를 베란다까지 부축해 회의용 테이블 한쪽 끄트머리에 앉힌다.

녹음기 두 대와 카메라 한 대가 진술을 기록하고 있다. 내 입에서 저절로 새어나오는 문장들이 내 귀에 들린다. 그들의 질문은 여러 이미지와 소리들을 임상적 정확도에 실어 되살려내고 있다. 내 앞에서는 한 여비서가 모니터를 들여다보며 교차/혼합 정보처리 프로그램을 통해 내가 제공하는 정보들을 검증하고 있다.

　그들은 책 없는 서고 안에서 내가 만난 사람들부터 처리하기 시작했다. '마그리트'와 '죽음' 그리고 '혼수상태'라는 중요 단어들의 연상관계가 일단 그들에게 두 갈래 실마리를 제공해주었다. 먼저 석 달 전 〈빛의 제국〉의 1958년도 연작 한 점을 손에 넣은 룩셈부르크의 어느 투자 전문가가 사기 혐의로 고소당하자 오늘 아침 자살해버렸다는 사실이 밝혀졌다. 그런가 하면 화장한 독일 노인은 나치 정권하의 총사령관 괴링의 전직 문화담당 참모 위르겐 로헨브라우일 가능성이 점쳐졌다. 당시 그는 유대인 예술품 수집가들을 가스실로 실어나르는 과정에서 현대 예술품의 갈취와 관리를 책임졌다. 결국 마르타란 여성은 그의 희생자 중 한 명일지도 모르며, 〈내면의 여인〉이란 작품은 그가 강탈한 그림들 중 하나일 수 있다는 결론이 내려졌다.

샤를로트 라살오르티즈가 그자의 이력을 내게 읽어준다. 1945년 자취를 감추었던 로헨브라우는 그로부터 사십 년이 흐른 뒤, 나치 추적자들에 의해 볼리비아에서 발견되었다. 두 명의 모사드 첩보 요원이 그를 라파스로 납치한 다음, 약을 먹여 은밀하게 이스라엘로 이송했다. 단 하나 문제가 된 것은, 가짜 여권을 만들기 위해 사용한 사진이 전쟁중에 찍은 거라는 점이었다. 나치도 보통 사람들과 마찬가지로 나이를 먹는 법, 더이상 사진 속의 젊은 얼굴이 아닌 것은 어쩔 수 없는 일이었다. 이에 이스라엘 첩보 요원들은 포로의 얼굴에 화장을 떡칠해서라도 나이를 지워야만 했고, 그런 연유로 로헨브라우는 자신의 마지막 여행이 될 여정에서 난데없는 젊은이로 둔갑해야만 했던 것이다.

텔아비브에 도착한 로헨브라우는 약효가 떨어지기 무섭게 거울에 비친 자신의 모습을 보고 그만 심장발작을 일으키고 말았다. 그때부터 사람들은 인공호흡기와 링거액을 통해 겨우 그의 생명을 유지시켰는데, 오로지 목적은 그가 몰래 빼돌린 스물여섯 점의 미술품들이 어디에 보관되어 있는지를 알아내는 것이었다.

당최 뭐가 뭔지 모르겠다. 그나마 커피 녁 잔과 햄 샌드위치를 먹고서야 현재의 시간관념이 돌아온 듯했고, 그에 따라 적절한 비판력도 회복된 느낌이었다. 나는 예전에 나치의 그런 사연을 읽었다가 까마득히 잊었을 수도 있고, 또 아까 역에서 택시를 타고 오는 사이 비몽사몽간에 라디오 뉴스를 들었을 수도 있다고 설명한다. 그들은 아무런 대꾸도 없이 나를 뚫어져라 바라본다. 내친김에 나는 한마디 더 한다. 아무튼 그런 모든 가능성에도 불구하고 내가 오후 내내 머문 걸로 되어 있는 문제의 그림 속에 그 두 남자가 자리를 꿰차고 있는 것이 정당화될 수는 없노라고 말이다.

"그럼 첼로는 뭡니까?" 라살오르티즈가 불쑥 묻는다.

"캉디스가 열다섯 살 때 첼로 교습을 받았습니다. 그래서 공통의 열정을 느끼고 싶은 마음에 나도 한번 해보려고 했죠."

"왜 하필 로스트로포비치죠?"

나는 캉디스의 아버지가 우리를 데려갔던 보르도의 음악회 얘기를 해준다. 물론 대기실에서 그 거장이 직접 자기 첼로를 만질 수 있게 허락해준 특별했던 순간도 빼놓지 않고 말이다.

"그럼 그게 바로 미끼였군."

이 말을 한 사람은 테이블 끄트머리에 앉은 포동포동한 남자다. 흰색 작업복 안에 나비넥타이를 맨 품새가 어딘지 음흉한 분위기다. 나는 그 말이 무슨 뜻이냐고 묻는다. 그는 자기 앞에 펼쳐놓은 서류를 가리키며 말한다.

"그림이 당신을 끌어들이기 위해 속임수를 쓴 거외다. 처음에는 당신이 사랑하는 여자를 내세워 육체적 재회를 도모하더니, 그다음에는 꿈에 그리던 첼로를 동원해 개인 콘서트를 연출한 것 아닙니까. 필경 잡지에서 본 기억의 잔상에 불과했을 그 핀업 걸은 굳이 말할 필요도 없겠죠. 그런 식으로 당신을 유인하고는, 전달할 정보들을 입력해넣는 겁니다."

나는 그의 관점을 묵묵히 되씹어본다. 그 생각이 옳다고 치자. 그래서 대체 어쩌자는 것인지…… 내게서 무얼 기대하는 거지? 나치를 안락사라도 시키라는 건가? 룩셈부르크 출신 사기꾼의 상속자들을 찾아가 그들이 나눠 가질 마그리트의 작품이 가짜라고 귀띔이라도 해주란 말인가?

내 질문들에 대답 대신 호의적인 침묵이 이어진다. 아마도 이 사람들은 내가 이런 식의 반응을 보이는 게 흡족한 모양이다. 감당해야 할 책무를 나 스스로 규정하게끔 내버려두는 분위기. 내가 닦달을 당하는 모르모트였다가, 사전에 프로그래밍된 메신저였다가, 임무 보고를 해야 하는 첩보원이 된 기분이 든다……

빨간 머리 여자가 그동안 기록해온 자료를 다시 읽어보더니, 나비넥타이 사내를 돌아보며 말한다.

"이젠 이분이 투사를 하고 있는 건지, 아니면 그림이 모든 것을 제공하고 있는 건지 알아내기만 하면 됩니다."

"먼저 '그림'이라는 것이 여기서 무엇을 의미하는지부터 분명히 하고 넘어갑시다." 그가 말한다. "저 양반의 초발광超發光 자아가 만든 산물인지, 아니면 마르타의 초발광 자아가 만든 산물인지 말이오…… 도대체 누가 방사체放射體인 겁니까?"

나는 대화가 잠시 끊어진 틈을 타 그 초발광 자아라는 게 대체 무엇인지 물어본다. 나비넥타이가 대답한다.

"시동始動 요인이 무엇인지는 명백합니다. 당신 뇌 속의 타키온들이, 당신처럼 마그리트의 그 그림에 연루된 다른 사람들의 타키온들과 결합한 것이지요."

"타키온이란 빛보다 빠르게 이동하는 소립자를 말합니다." 필리프 네케르가 기다렸다는 듯 보충 설명을 해준다. "물리학자 레지스 뒤테유의 이론이지요. 타키온들이 구성하는 초발광 우주 속에서 시간은 더이상 흐르지 않고, 공간은 정신이 바라보는 하나의 전망일 뿐입니다."

　"말하자면, 진정한 의미의 우리 존재가 펼쳐지는 곳이라 할 수 있지요." 빨간 머리도 한마디한다. "우리들 각자가 초발광 자아의 산물인 셈입니다. 즉 각자의 초발광 자아가 마치 홀로그램처럼 물질계 속에 자신을 투사한 결과물이 곧 우리란 얘기죠."

　"아, 이제 충분히 알겠습니다." 나는 자꾸 이어지는 설명을 줄여볼 목적으로 이렇게 말한다. "그러니까 아담과 이브 같은, 뭐 그런 스토리라 이거군요. 사과를 따먹음으로써 낙원을 떠나게 되었고, 그러지 않았다면 진화도 없었다는 식의 얘기 말입니다."

　내 말에 사람들은 어리둥절한 표정으로 서로를 바라본다. 아마 그들이 얼른 이해하기에는 너무 복잡한 얘기였던 모양이다.

　"우리는 꿈속에서, 그리고 혼수상태와 임사체험 상태에서 우리 정신의 초발광 부위와 다시 조우하게 되는 겁니다."

　나비넥타이가 다시 입을 열자, 필리프 네케르가 얼른 끼어든다.

"그런데 바로 그 부위가 당신 경우에서처럼 다른 사람의 초발광 자아를 끌어당길 수도 있다는 거 아니겠습니까!"

그러더니 자기 옛 애인을 흘끔 바라보며 은근한 말투로 이렇게 덧붙인다.

"이따금 오르가슴 중에도 그런 현상이 일어나긴 하지만요……"

빨간 머리는 모르는 척 내 쪽으로 고개를 돌리며 말한다.

"어쨌든 뒤테유의 이론은 의식의 새로운 모델을 제시하기 위한 하나의 가설이었을 뿐입니다. 그런데 1996년 그가 사망한 뒤, 쾰른 물리학 연구소에서 그 유명한 타키온의 존재를 탐지해내고야 만 겁니다. 초발광의 세계가 하나의 이론적 모델에서 우리가 살아가는 물질적 세계와 동등한 가치를 갖는 엄연한 실재로 격상된 셈이지요."

"그런데 그게 대체 나랑 무슨 상관인가요?"

"당신이 바로 그 한쪽에서 다른 쪽으로 넘나든 겁니다." 내가 캐묻자 필리프 네케르는 예상했다는 듯 확신 어린 목소리로 대답한다. "베네치아에서 사 분 삼십 초 동안 당신이 빛의 장벽을 넘나든 걸 내가 직접 눈으로 봤죠. 그리고 방금 전에는 그와 똑같은 경험을 무려 네 시간에 걸쳐 우리 손으로 직접 재현한 겁니다."

나는 그들의 말을 제지하기 위해 손을 번쩍 든다. 그들이 내게 잡다한 증거들을 들이댈수록 나는 확신을 잃어간다는 것을 알리기 위해서다. 오늘 그들이 내게 퍼부어댄 빛과 소리의 축제는 어쩌면 단순한 최면에 불과했을 터. 시간당 1000스위스프랑어치로 프로그래밍된 착란의 한마당이라고나 할까. 사실상 지금까지 내게 확실하다고 여겨지는 현상은 베네치아에서 의식을 잃기 '전에' 일어났던 일, 이른바 내가 경험했다는 임사체험과 지금 내게 영향을 미치려고 호들갑 떠는 저들의 모든 시도 '전에' 일어났던 일뿐이다. 구겐하임 미술관의 그림 속 주황빛 창문의 소등, 바로 그것 말이다!

　연구원들은 서로 뭔가 합의된 눈짓을 교환한 뒤, 아직까지 한마디도 하지 않은 채 깍지 낀 손으로 턱을 괴고 앉아 있는 트위드 옷을 입은 어느 노인 쪽으로 일제히 고개를 돌린다. 다들 존경의 눈빛으로 그의 의견을 기다리는 걸 보면, 노인은 노벨상 수상자이거나 이 연구 프로젝트의 스폰서임이 틀림없다.

　"렉스 씨, 색이라는 것은 길고 짧은 빛의 파장에 지나지 않습니다." 그가 말했다. "주황색 그 자체는 존재하지 않는다는 얘기죠. 가령 당신이 그림 속 창문을 바라볼 때, 당신의 망막은 일종의 암호화된 메시지를 뇌에 전달하고 그것이 전기적 작용을 통해 해석되는 겁니다. 바로 그 내용을 우리의 스캐너가 포착하는 중이라고 할 수 있지요. 단지 우리가 전혀 모르고 있는 것은 그 메시지가 어떻게 '감각'으로 변환되는가 하는 점입니다. 당신의 대뇌피질은 파장의 길이가 전달하는 진짜 정보를 분석하는 대신, 그것을 변환해서 하나의 색채 감각으로 감지하는 셈입니다. 당신은 의식을 잃기 '전날' 주황색 감각에 파열이 일어난 경우입니다. 그건 곧 그림 속의—혹은 당신의 초발광 자아 속의—무언가가 파장의 길이를 변환해서 당신으로 하여금 다음날 벌어진 마그리트 작품 속으로의 이동을 일찌감치 준비하게끔 만들었다는 얘기가 되죠."

나는 잠시 꼼짝도 하지 않고 있다. 자신은 불을 끄지 않았노라고 말하는 마르타의 목소리가 거듭 내 귀를 두드린다. 누전을 초래한 건 나의 감정 상태였다고.

"자, 이제 이스라엘 당국과 접촉해야만 해." 나비넥타이가 자신이 가져온 문건들을 손으로 짚어가며 중얼거린다. "로헨브라우의 의식이 그 그림 속으로 피신해 있는 거라면, 제레미가 중개자 역할을 할 수 있다는 얘기니까."

"대단히 미안하지만, 내 문제는 캉디스입니다!"

퉁명스레 뱉어낸 내 목소리에 다들 순간적으로 인상을 찡그린다. 나는 그들이 말하는 빛의 장벽을 뛰어넘는 일이 내게는 사랑하는 여인을 가장 아름다웠던 시간 속에서 다시 만나기 위한 방편일 따름이라고 분명히 못을 박는다. 요컨대 내 꿈을 뒤죽박죽으로 만든 그놈의 흡반 달린 헬멧은 무슨 일이 있어도 다시 쓰지 않겠노라고 말이다.

빨간 머리는 무슨 계산착오라도 살피듯 나를 바라보다가, 필리프 네케르 쪽으로 고개를 돌린다.

"내가 미리 얘기했잖아, 무척 감정적인 타입이라고……" 그가 씁쓸한 미소를 지으며 말한다.

그리고 마른침을 꿀꺽 삼킨 다음, 고개를 숙이면서 애써 이렇게 덧붙인다.

"결론적으로 내가 보기엔 시코야말로 제레미에게 진정한 도움을 줄 수 있을 것 같아."

빨간 머리는 다소 놀란 표정으로 그를 바라보며 입술 밑을 손톱으로 만지작거리더니, 페어플레이에 감동했다는 듯 눈썹을 한차례 씰룩하며 고개를 끄덕인다. 나비넥타이는 한숨을 내쉬며 나에 관한 서류철을 덮는다. 나는 시코가 대체 누구냐고 묻는다. 빨간 머리는 자리에서 일어나 따라오라는 손짓을 한다.

왠지는 모르지만, 어떤 신뢰감 같은 것이 불현듯 가슴에 스민다. 아마도 '시코'라 발음하던 필리프 네케르의 표정, 눈동자 깊은 곳에 어른거리던 그 짙은 우수의 분위기 때문일까…… 어느 순간 그는 베네치아에서 내가 처음 마주친 바로 그 방황하는 사내로 되돌아가 있었다.

"참 유감입니다." 노신사가 아쉬운 기색을 감추지 못한 채 내 옆을 지나며 말했다. "당신, 좋은 실험대상이었는데 말이죠……"


샤를로트 라살오르티즈는 지하층으로 내려가는 승강기 안에서 다소 거만한 눈빛으로 나를 째려본다. 좌우를 따라 각종 측정 기기들과 우리 속 동물들, 진행중인 실험들이 칸칸이 자리하고 있는 기나긴 통로 속으로 나는 그녀를 따라 들어간다. 그녀가 내 앞의 문을 하나 열더니, 머리에 단말기가 연결된 채 안락의자에 가죽끈으로 묶여 있는 사지마비 환자를 손으로 가리킨다.

"오토바이 사고 환자입니다. 감금증후군이죠. 말도 못하고 움직이지도 못합니다. 그러면서도 언어중추는 여전히 작동하고 있어요. 지난 몇 주 동안, 우린 몇 가지 모음 기호를 보여주고 그가 그걸 발음하려고 애쓸 때마다 뇌에서 발생하는 신호들을 MRI로 추적했습니다. 그러고 나서 그 신호들을 해독해 소리로 전환하는 프로그램을 가동했죠. 그가 특정 단어를 떠올리면 기계가 대신 발음을 해주는 셈입니다."

그녀는 두 개의 전극 사이로 드러난 환자의 이마에 살짝 입을 맞추고는 이렇게 속삭인다.

"잘 있는 거죠?"

"Oui(네)." 컴퓨터의 음성합성장치가 대답한다.

그녀는 몸을 일으켜 나를 돌아보며 말한다.

"이제 우리는 해독 프로그램에 자음을 인식하는 법까지 가르칠 겁니다. 훨씬 더 복잡한 일이긴 하지만, 앞으로 오 년 후에는 이 사람도 뭐든 원하는 대로 우리한테 말할 수 있게 될 겁니다."

나는 목이 잠긴 소리로 묻는다.

"이 사람이 시코인가요?"

"아뇨. 당신이 생각하는 것과 달리, 우리가 어설픈 마술사도 협잡꾼도 아니라는 사실을 당신에게 보여주기 위한 거예요."

그녀는 옷자락을 스치며 또각또각 하이힐 신은 발걸음을 옮긴다. 복도 끝에 이르자 그녀는 나를 방송 통제실 같은 곳으로 들여보내더니, 스크린 앞에 앉힌다. 그녀는 대형 유리창 너머에서 한창 촬영중인 실험의 영상을 크게 확대한다. 유리로 된 미로 속에 살아 숨쉬는 듯한 누런 죽 같은 점액질 덩어리가 갇혀 있다.

"필리프의 말은, 저게 바로 당신 문제를 푸는 열쇠나 마찬가지라는 겁니다. 일종의 단세포 곰팡이인데, 점균류라고도 하죠. 우리는 이 유기체가 어떻게 주위 환경을 평가하고, 결정을 내리며, 상황에 따라 자신의 행동에 변화를 가하는지 연구해왔지요."

그녀는 자료 영상들이 빠르게 지나가도록 터치 스크린을 연신 건드린다.

"녀석은 사방으로 촉수를 뻗어 파동을 이루며 이동합니다. 예컨대 촉수 하나가 막다른 길에 부닥치면, 일단 뒤로 물러났다가 또다른 길을 찾지요."

그녀는 보랏빛 매니큐어를 칠한 손끝으로 내 팔오금을 꾹 누르더니 허스키한 목소리로 말을 잇는다.

"시코와 필리프 그리고 나에게 저 녀석은 마치 아기와도 같은 존재라고 할 수 있지요. 녀석은 뇌도 없고, 이렇다 할 중앙 처리 기능도 갖추지 못했습니다. 그저 조직을 순환하면서 정보를 전달하는 단백질 덩어리일 뿐이지요. 하지만 그 결과물은 쥐가 만들어내는 것과 똑같답니다. 단지 시간의 단계만 다를 뿐이지요. 쥐는 미로를 헤쳐나가는 데 평균 사십오 초 걸리는 데 비해, 점균류는 여섯 달이 걸리니까요."

나는 아주 흥미로운 얘기이나, 그것이 나와 무슨 관계가 있는

지는 잘 모르겠다고 대꾸한다. 내가 그림 속으로 들어가 캉디스와 재회하는 데 한낱 점균류 따위가 무슨 도움을 줄 수 있겠는가?

그녀는 슬그머니 미소 지으며 나를 흘끔 바라보더니 이렇게 말한다.

"우리의 과학적인 방식이 맘에 안 드신다면, 딱 하나 남은 건 주술에 기대는 길뿐이겠죠."

나는 로잔 팰리스 호텔에서 호사스러운 밤을 뜬눈으로 지새운 뒤 스위스를 떠났다. 사고작용 연구소가 나에게 필리프 네케르의 바로 옆 방을 마련해주었는데, 아니나 다를까, 자정쯤 그의 옛 애인이 나에 관해 상의를 한다며 그의 방에 찾아들었고, 둘의 대화는 벽 하나를 사이에 두고 사도마조히즘적인 육체의 공방전으로 급속히 변질되어갔다. 결국 나는 아침이 되자마자 혼자서 기차에 올랐다.

꾸벅꾸벅 조는 가운데에도, 나는 주술사들에 의해 밝혀진 의식의 변모 상태에 관해 그들이 챙겨준 자료들을 틈틈이 살피고 있다. 일상에서 시코 발데스는 프랑스 전력공사 소속 직원이다.

주소지는 망트라졸리, 발롱클레르 단지 G동 4번 출입구로 되어 있다. 그들이 돈은 더 안 내도 된다고 말해줬지만, 그래도 불안한 건 마찬가지다.

TGV가 리옹 역에 서자마자 나는 곧바로 열차를 갈아탔고, 점심시간에 맞춰 불에 탄 자동차들 사이사이 풍력 터빈들이 서 있는 변두리 재생에너지 단지에 도착했다. 그리고 철거를 기다리는 허름한 가옥들이 붙박여 있는 구역을 가로질러 십오 분가량 걸었다.

'발롱클레르는 녹색허파 지구입니다.' 벽보들마다 그런 문구가 새겨져 있다. 초록색 허파 모양의 미니블록 여덟 개로 표시된 디지털 영상을 내세워, 눈앞에 펼쳐진 허허벌판을 팔아보려 애쓰고 있었다. 도시계획 전문가들은 이곳에 자칭 '생명의 심장'이라 부르는 곳을 조성하기도 했다. 사면이 유리로 된 공간 안에 양철 우편함까지 갖춘 일종의 가상 아파트 로비를 꾸며서, 청소년들이 비상 계단에 죽치고 앉아 소란을 피우는 대신 한데 어울려 마음껏 떠들고 즐길 수 있도록 한 것이다. 그런데 가만 보니 아무도 그곳을 이용하지 않는 게 분명했다. 거긴 그야말로 멀쩡한 상태로 남아 있는 유일한 공공장소였다.

번호도 글자도 표시되어 있지 않은 출입구들 앞에서 나는 인터폰 자리에 스카치테이프로 붙인 종이 위 세입자들의 이름을 눈으로 훑는다. 어제저녁 사고작용 연구소를 떠나는 나에게 샤를로트 라살오르티즈는 이렇게 말했다. "내 안의 어떤 부분은 지금 당신을 부러워하고 있답니다. 내가 망트에서 경험했던 것들은 분명 여기서 당신한테 제안할 수 있을 그 어떤 것들보다 아름답고 멋지지요. 하지만 거기에는 과학자로서 나 스스로 금해야 할 것들이 있어요."

마침내 나는 G동 39호의 초인종을 누른다. 문이 열리자 인도 사람처럼 생긴 사내가 나타난다. 전기톱에 빨간 줄이 사선으로 그어진 이미지가 선명한 티셔츠에 헐렁한 바지 차림이다. 치렁치렁한 머리를 어깨까지 늘어뜨린 채 그는 치아 세 개가 드러나는 삐딱한 미소를 지으며 흐릿한 눈빛으로 나를 빤히 쳐다본다. 나와 동년배 같은데, 고양이처럼 호리호리한 몸매에 점토를 빚어 구운 듯 겉늙은 얼굴로 인해 그야말로 산전수전 다 겪은 사람처럼 보인다.

"쿠란데로*, 제레미." 그가 내 팔꿈치를 덥석 붙들며 말한다.

나 역시 '쿠란데로'라고 대꾸한다. 필경 '샬롬'이나 '살람 알레

---

* 에스파냐어로 '주술사'를 뜻하는 말.

이룸'*과 같은 말일 것이다. 그는 후텁지근한 열기 속에 나무 그루터기와 잎들이 잔뜩 우거진 열대 밀림으로 나를 안내한다. 새들이 울부짖는 가운데 그는 내 점퍼를 벗겨서 열대 칡덩굴의 일종인 리아나에 걸어놓는다. 그러고 보니 사람들이 미리 귀띔해준 이야기가 생각난다. 이자가 이곳 이블린에 위치한 자기 임대 아파트 내부에 어렸을 적 살았던 아마존 숲을 재현해놓았다는 이야기.

필리프와 샤를로트는 사우샘프턴 대학교와 사고작용 연구소가 공동출자한 연구팀의 일원으로 페루에서 그를 처음 만났다고 한다. 원시림의 무분별한 벌목으로 인해 숲의 생태계가 겪는 고난의 증상들을 탐지하고 기록하는 연구였는데, 당시 시코가 현지 안내를 맡았던 것이다. 그때 일을 마친 뒤 그는 나무들의 주문에 의한 조처라며 연구원들과 함께 유럽까지 동행했다. "당신들 나라의 나무들이 이곳 나무들보다 더 위험한 지경입니다. 당신들의 자기장은 우리의 전기톱보다 훨씬 더 해로워요."

앉을 자리로 곰팡이 슨 나무 그루터기를 하나 가리키며 그가 내게 앉으라고 한다. 그러고는 리모컨을 한 번 딸깍 누르니, 소

---

* 각각 히브리어와 아랍어로 '안녕'이라는 인사말이다.

란스럽던 열대의 야생 새들이 졸지에 잠잠해진다. 그는 짙고 걸
쭉하면서 쓰디쓴 초록빛 액체를 다짜고짜 내게 내민다. 그러고
는 손으로 잔을 빙글빙글 돌리면서, 바닥에 가라앉은 하얀 침전
물까지 단번에 몽땅 들이켜라고 한다. 그러자 발작적인 기침이
튀어나온다. 이제 그는 각종 약초와 풀들을 섞어서 궐련을 말고
있다. 그 성분 하나하나를 그는 마치 내가 만나야 할 사람들처럼
소개해준다. 순간, 샤를로트가 귀띔해준 말이 생각난다. 풀들의
효능은 극도로 예민해서, 아무한테나 정신의 문을 열어주지는
않는다고.

시코는 일그러진 소시지처럼 생긴 궐련에 불을 붙여 나에게
내밀면서 말한다.

"아야우아스카*에 입문하는 데만 보통 육 개월이 걸리지. 그런
데 샤를로트 얘기가, 자네 사정이 무척 급하다더군. 그래서 자네
가 도착하기 전에 내가 미리 약초들한테 양해를 구해놨지. 그들
도 원칙적으로는 동의를 했네. 그나저나 자네 마약 경험은 있
나?"

"아뇨."

* 아마존 강 유역에 자생하는 환각 성분의 식물.

"차라리 잘됐군. 어차피 상관없는 문제니까. 자네의 여행을 책임지는 건 질료 자체가 아니라 사랑의 마음이거든. 아야우아스카에게 점차 존재를 관통당하면서 자네는 마스터 초목의 가호 아래 있음을 느끼게 될 걸세. 그러고는 자연스레 그녀의 이름을 물을 텐데, 그녀가 대답을 해줄 수도 있고, 안 해줄 수도 있을 거야."

나는 여러 약초를 혼합한 퀄런을 한 모금 흠뻑 빨아본다. 향긋하면서도 강렬하고, 약간은 매콤하다.

"처음에는 샤를로트가 주말마다 나를 찾아왔지." 퀄런을 입에 문 나를 물끄러미 바라보며 그가 말한다. "내가 숲을 다시 조성해놓은 것은 그녀를 위해서였네. 저쪽에서 경험한 것을 계속해서 공유할 수 있도록 말이야. 자네도 알다시피, 초목을 통해 진정으로 어떤 경지에 오르기 위해서는 성적 욕구를 절제하는 것이 필수지. 하지만 둘이 서로 소통하며 무엇을 발견할 수 있는지, 아마 자네는 상상도 못 할 거야……"

그는 과거에 대한 향수를 되새기면서 전염성 강한 희열의 감정을 퍼뜨리고 있다. 정녕 그가 필리프 네케르의 연적이었다면, 누구보다 그와는 전혀 다른 타입일 것이다. 현재 더이상 경험하지 못하는 무엇인가가 그를 내부에서 비추고 있었다.

그는 내게 '믹소'의 안부를 묻는다. 로잔에서 배양중인 그 점균류를 말하고 있다는 직감이 든다. 나는 잘 지내고 있다고 대답한다. 그는 아주 뿌듯해하는 눈치다. 그러면서 그 녀석의 어미라며 사각형의 샐러드 그릇에 담긴 똑같은 종류의 누런 죽 같은 점액질 덩어리를 보여준다.

"지금 자고 있네. 수분이 부족해지면 수면 상태가 되는데, 그러다가 완전히 탈수가 진행돼 결국 동결건조 상태에까지 이르지. 그렇게 해서 무한정 생명을 유지할 수가 있는 거라네. 다시 생기를 불어넣으려면, 수분을 공급해서 축축하게만 해주면 돼."

나는 입에 넣었던 연기를 뱉어내며 그 맛을 음미한다. 지금까지는 특별히 느껴지는 게 아무것도 없다. 그저 살짝 노곤해지는 정도. 그는 멀쩡한 사람을 정신적으로 꼬드겨 유럽까지 오게 만든 이 콧물 같은 단세포생물의 놀라운 능력을 자신이 어떻게 해서 발견하게 되었는지 자세히 설명해준다. 하루는 녀석에게 먹을 것을 주려다가 본의 아니게 귀리 가루를 주변에 쏟았는데, 가만히 보니 녀석에게서 촉수가 슬금슬금 뻗어나와 그 자양분의 원천 쪽으로 접근하더라는 것이다. 이에 그는 곧바로 사고작용 연구소 소속 연구원들과 힘을 합쳐 로잔의 미로를 이용한 프로토콜을 수립했다고 한다. 그 과정에서 만난 사람이 점균류 심리학계의 세계적 권위자 나카가키이고, 그와 공동으로 집필해서 〈네이처〉지에 발표한 논문이 놀랍게도 내가 기차에서 읽은 바로 그 논문이었다. 그는 유명한 과학 잡지가 식물의 지적 능력에 관해 정식으로 언급한 것은 그때가 처음이라고 힘주어 말한다. 실제로 믹소는 진화의 온갖 갈래가 시작되는 기점이나 다름없는 존재다. 녀석은 버섯처럼 포자를 통해 번식할 뿐만 아니라, 동물처럼 위치 이동을 하며, 봉지 수프처럼 동면하기도 한다. 시코는 녀석을 정말로 자신의 영적 안내자처럼 여기고 있다.

"꿈에서 나한테 프랑스 전력공사에 들어가라고 한 것도 이 녀석이었지."

그는 구멍이 숭숭 뚫린 미소를 지은 채, 자신의 직무는 망트와레 뒤로 구간의 측백나무들을 상대로 가지치기 작업이 다 나무들 자신을 위한 일임을, 그렇게 가지를 쳐놓지 않으면 자칫 전선과 닿아 수액과 탄닌의 순환 및 분비에 일대 교란이 초래될 수 있다는 점을 설득하는 것이라고 했다. 소소한 직무이긴 하지만 인류의 생존에 꼭 필요한 일이기도 하다면서 그는 다시금 표정이 환해진다. 오직 나무들만이 뇌에 악영향을 주는 자기장으로부터 우리를 보호해줄 수 있기에, 나무 자신들부터 문제의 심각성에 눈뜨게 할 필요가 있다는 얘기다.

"모든 생명의 목표는 정보를 순환시키는 데 있네, 제레미. 사랑에 의해서든 지능이나 갈등에 의해서든 상관은 없지. 자네가 반드시 그림 속으로 돌아가 스스로를 해명하고, 정령들이 자네에게서 정확히 무엇을 기대하는지 자연스럽게 물어봐 그들과 타협을 시도해야만 하는 이유가 바로 거기에 있어. 이따금 그들은 자네에게 불가능을 요구하기도 하지. 그러면 자네는 그들로부터 약간의 조정을 얻어내기 위해 완력을 발휘해야만 할지도 몰라. 식물계의 주인은 어디까지나 정령들임을 잊어서는 안 되네. 다만 우리를 통하지 않고는 그들도 할 수 있는 게 별로 없다는 거지. 인간이라는 동물은 나무들의 꿈이거든. 그렇기 때문에 나무들이 인간에게 산소를 만들어주는 거고."

말을 마친 그는 내가 피우던 궐련을 가져가 길게 한 모금 빨고는 도로 건네준다. 그리고 두 눈을 지그시 감고, 마치 포도주라도 맛보는 것처럼 입안의 연기를 빙글빙글 돌린다.

"음, 나쁘지는 않은 것 같네, 제레미. 그들이 자네를 좋은 사람으로 느끼는 모양이야. 자네를 받아들이고 있어."

"저기, 그런데 말입니다. 내가 원하는 그림과 식물계가 서로 무슨 상관이 있는지요?"

눈을 뜬 주술사는 위대한 마약의 달인들이 흔히 보이는 평온

한 예지적 분위기를 두른 채 나를 가만히 주시한다. 대학물 먹은 티가 물씬 풍기는 그의 프랑스어가 에스파냐 억양과 변두리 지역 특유의 리듬감 사이에서 또다시 굽이치기 시작한다.

"그림이란 살아 있는 생물이나 다름없네, 제레미. 자연의 색소랄지 각종 미생물들, 먼지, 화폭을 구성하거나 침범한 곰팡이들…… 이 모든 것이 하나의 '작품'에 참여한다는 의식을 다들 가지고 있거든. 마치 우리 인간이 어떤 전체적 기획에 의거해, 지구의 모든 원소들과 항상 연계되어 있음을 느끼는 것과 마찬가지로 말이야. 지금 자네가 퀄런으로 말아 피우고 있는 마스터 초목들 중 한 분이 앞으로 베네치아에 있는 자네의 그 그림 속 미생물과 접촉하게 될 것이네. 결국 그들이 중개 역할을 해서 자네를 마르그리트의 세계로 투사해주는 셈이지."

"마그리트입니다."

"뭐 좋을 대로. 중요한 건 누가 만들었느냐가 아니라 무엇이 만들어졌느냐이니까."

문득 걷잡을 수 없는 두통이 관자놀이를 옥죄기 시작한다. 내가 증상을 이야기하자, 그는 아주 좋은 징조라고 대꾸한다.

"자, 이제 나와 함께 이카로*를 부르세. 그럼 초목들이 그걸 일종의 양식이자 감사의 표시로 받아들인다네. 아이…… 사카우

168

아…… 아이…… 나이-나이……"

나는 그 못지않은 음치티를 내며 흥얼흥얼 노래를 따라 부른다.

"노래를 부르는 동안 연기를 삼켜야 해. 숲의 정령들을 불러들여 곡조와 합일하게끔 유도하는 거지."

그는 중간에 숨을 들이쉬면서 또 이렇게 덧붙인다.

"이제 어떤 영상을 보게 되든, 혼자서 꿈꾸고 있는 게 아니라는 점을 잊지 말게. 초목이 자네와 함께 꿈을 꾸고 있으니까 말이야."

그래서인가, 노래의 멜로디가 내 목구멍뿐만 아니라 배, 목덜미, 엉덩이까지 진동시키는데…… 갑자기 앉아 있던 나무 그루터기로부터 몸이 조금씩 조금씩 떠오르는 느낌이 든다. 그리고 관자놀이의 편두통은 내 사고가 부드럽게 파묻혀 녹아드는 한 겹의 이끼처럼 변해버렸다. 발 앞으로 거대한 거미 한 마리가 지나가는 게 보인다. 그것 역시 아야우아스카의 효과일 거라는 생각이 뇌리를 스친다.

"아니, 그 녀석은 가비라고 해. 겁먹을 필요는 없네, 사람이 자

---

* 아마존 강 유역의 주술사들이 부르는 주술 노래.

기 배우자를 해치지만 않는다면 절대로 먼저 공격해 오지는 않을 테니까. 하지만 자기 배우자를 해치면, 인류 전체를 상대로라도 싸움을 벌일걸. 우리 나라에서는 마약밀매상들이 종종 저 녀석들의 도움에 의존하지. 배우자를 잃은 암컷 타란툴라야말로 치명적인 무기 중 으뜸이니까. 어때, 기분은 괜찮은가?"

"아주 좋아요. 이게 정상인가요?"

"응. 이제 눈을 감게. 그리고 자네의 몸속 상태를 내게 자세히 묘사해보는 거야."

"빛이 거의 스며들지 않는 숲 같아요. 잎이 너무 우거지고, 나무들도 깎아지를 듯 높고, 너무 울창하군요……"

"그 가지들을 걷어치우게. 줄기를 따라 올라가봐. 이제 좀 잘 보이나?"

"네."

"하늘이 보이나?"

"네."

"그걸 묘사해보게."

"푸르군요. 맑아요. 구름이 몇 점 떠 있어요."

"자네가 올라간 나무 이름이 뭐지?"

"참나무."

"자네한테 말을 하고 있나?"

"아뇨. '참나무'라고 하는 소리가 들렸습니다."

"그럼 그게 자네의 인도자일세. 자네의 마스터 초목인 셈이지. 어서 고맙다고 말해주게."

"고마워, 참나무."

"자, 이제 다시 내려가는 거야. 어떤 느낌이지?"

"뭐라고요?"

"음, 내 말이 더이상 들리지 않는 모양이군. 좋아. 아무 말도 하지 말게. 줄기를 따라 가만히 내려가. 그리고 자네 주위를 둘러보라구."

잠시 후, 집 쪽으로 길게 뻗은 가지 하나에 발이 닿는다. 나는 그 가지를 타고 주황색 창문까지 기어가, 문을 열어달라고 참나무에게 부탁한다. 나뭇가지가 밀어젖히자 창문이 산산조각난다. 순간, 나는 밀회의 방에 곤두박질치듯 주저앉는다. 마르타가 엄한 눈빛으로 나를 노려보고 있다.

"이젠 별의별 방식으로 들이닥치는군요?"

나는 엉거주춤 일어선다. 〈내면의 여인〉이 비치는 벽거울 맞은편에는 미스 뱅센이 캉디스의 침대 위에 알몸으로 누워 있다. 그녀는 나를 바라보면서 자신의 몸을 천천히 쓰다듬고 있다. 나는 얼른 눈을 돌린다.

"저 여자가 바로 미래예요!" 마르타가 말했다. "캉디스는 과거일 뿐입니다. 이젠 좀 그녀를 가만 내버려두세요."

시큰둥해하는 내 눈치에 그녀는 윽박지르기 시작한다.

"그나저나 이게 다 뭡니까? 지저분한 것 좀 빨리 치우지 못해요!"

내 두 발에서 포자들이 튀어나오는가 싶더니, 마루판을 뚫고 버섯들이 솟아나고 있다. 뿐만 아니라, 벽에서 갓 비어져나온 포도넝쿨 아래로 벽지가 훌렁 벗겨져 떨어지는 중이다. 급기야 천장에서 늘어진 칡덩굴에 온몸이 휘감기기까지 하자 마르타는 나에게 돌아가라며 고래고래 소리를 지른다. 순간, 나의 마스터 가지가 그녀의 입을 틀어막기 위해 방안으로 침범해 들어온다. 그녀의 입에서 수많은 꽃눈이 한꺼번에 피어난다.

"저리 가!" 그녀는 제각각 촉수로 돌변하는 어린 새싹들을 마구 헤집으며 울부짖는다.

"내게 캉디스를 돌려줘!"

"당신이 이런 식으로 그녀를 찾으려고 하니까 자꾸 놓치는 거라고, 이 멍청이!"

"그럼 대체 어떻게 해야 하는지나 좀 알려주든지!"

"내 진짜 모습을 찾아봐!"

별안간 중산모를 쓴 바퀴벌레들이 눈처럼 쏟아지기 시작한다. 내가 팔을 크게 휘저으며 허겁지겁 그것들을 쫓는 사이, 누런 죽 같은 점액질 덩어리가 게걸스레 주황빛을 빨아들인다. 이제는 모든 것이 축축하고 어두운 초록빛이다. 마르타와 미스 뱅센은 온데간데없이 사라졌다. 참나무가 가지를 거두어들이자마자, 산산조각났던 창문이 언제 그랬냐는 듯 원상복구되면서 굳게 닫힌다.

"내 진짜 모습을 찾아봐!"

나는 걸쭉한 초록색 물질 바깥으로 코를 내민다. 알고 보니 질펀한 토사물 속에 자빠져 있었던 거다. 웬 손이 나를 잡아 일으켜 몸에 묻은 걸 닦아내고는, 반듯이 눕혀준다.

"이제 괜찮네, 제레미. 처음인데 이 정도면 양호한 편이야. 어때, 여행은 만족스러웠나?"

나는 눈물을 쏟는다. 터져나오는 오열이 복부를 쥐어짜는가 하면, 입에서는 계속 연기가 게워져나오고, 다시금 뒤로 벌러덩 나자빠진다.

스물네 시간 꼬박 곯아떨어졌다. 의식의 수면 위로 다시 떠오르자, 내가 자동살수장치에서 나온 물에 흠뻑 젖은 몸으로 나뭇가지를 엮어 만든 침상에 반듯이 누워 있고, 시코 발데스는 더이상 보이지 않았다. 가만 보니 내게 쪽지를 하나 남긴 모양인데, 잉크는 번져 있었지만 가까스로 내용을 읽을 수 있었다.

대나무 궤짝 안에 깨끗한 티셔츠를 놓아두었네. 보온병 안에는 치커리 차가 있을 거고, 냉장고를 열어보면 크루아상도 있을 거야. 난 오베르장빌의 송전탑 이끼 제거 작업을 하고 나서, 오후 네시에 돌아올 걸세. 아 참, 자네와 기꺼이 다시 여행을 떠나고 싶다고 초목이 내게 이야기해주더군.

나무 욕조 안에서 사랑을 나누고 있는 타란툴라 커플 때문에 샤워는 건너뛰기로 했다. 대신 부엌 개수대에서 대충 씻은 뒤, 티셔츠값으로 20유로와 함께 고마웠다는 인사말을 쪽지에 남기고 아파트를 나왔다.

지하철역에서 나오자마자, 나는 생제르맹데프레에 위치한 호프 겸 간이식당 테라스에서 거창하게 아침을 챙겨 먹는다. 초목에 특별한 반감이 있어서가 아니라, 사람들 가운데로 돌아오니 좋다.

　　나 자신의 사고를 다시 통제할 수 있게 되자, 잘못된 길로 들어섰다는 생각이 끊임없이 뇌리를 맴돈다. 내 몸에 초음파를 쏘거나 약초의 효능에 기대보았자 캉디스와 재회하긴 어려웠다. '당신이 이런 식으로 그녀를 찾으려고 하니까 자꾸 놓치는 거라고!' 마르타의 이 말이 자꾸만 머릿속에 회오리친다. 어쨌든 이것이 내가 주술 체험에서 건진 전부다. 마르타 베크만이 나에게 요구한 것처럼, 그녀의 '진짜' 모습을 찾으면 과연 캉디스를 되찾을 수 있을까? 이 힘겨운 숨바꼭질의 끝에 가서야 겨우 발견할 어떤 관계가 그 두 여자 사이에 존재한단 말인가?

여하튼 다음 단계는 방금 전 안내소에서 알아낸 미술상의 주소로 찾아가는 것이다.


나는 센 가街를 따라 걷다가, 데포르마시옹*을 가한 사진의 콜라주 작품들에 터무니없는 가격을 내붙인 갤러리 안으로 들어섰다.

모리스 에르빌로가 언론 담당자와 함께 이야기를 나누고 있었다. 그는 턱선을 따라 하얀 수염을 세련되게 기르고 얼굴이 벌건, 책 뒷면에 나온 사진보다 십 년은 더 나이 먹고 20킬로그램은 더 살이 붙은 모습이었다. 나는 작품을 구입할 마음이 있는 사람처럼 그럴듯한 자세로 전시회를 둘러본 뒤, 그가 혼자 남게 되자 전시된 외국 작가들 작품의 전반적인 가격대를 물어보며 신뢰감을 불어넣었다. 그런 다음, 이미 그가 세 편의 비평문을

---

* 회화나 조각에서 대상을 작가의 주관에 따라 바꾸고 비틀어 표현하는 기법.

발표하기도 한 마그리트의 작품 쪽으로 자연스럽게 걸음을 옮겼다.

갤러리 관장은 예술사에 무척 해박한 사람에게 잘 어울리는 근사한 억양으로 내 질문에 열심히 대답해주었다. 작품의 고객이 아닌 자기 저서의 독자라 생각해 더욱 신이 난 것이 분명했다. 그의 아버지는 화가와 아주 잘 아는 사이였으며, 달리와 엘뤼아르, 브르통과 함께 마그리트가 세상을 바꾸어가던 페뢰쉬르마른에서의 환상적인 밤들을 똑똑히 기억하고 있었다. 마침내 나는 지나가는 말처럼 마르타 베크만이라는 이름을 슬쩍 흘려보았다. 그는 대번에 눈썹을 치켜세웠다. 자기 아버지가 그 이름을 가진 여성을 두세 번 만났었다는 것이다. 어느 모피 상인의 미망인이었는데, 1927년 대단한 호평을 받은 초기 초현실주의 작품들 중 하나를 마그리트에게서 직접 구매했다고 한다. 나는 얼떨결에 이렇게 말했다.

"〈내면의 여인〉이란 작품이겠죠."

그는 깜짝 놀라는 표정이었다. 갑자기 내가 단순한 독자의 수준을 훌쩍 뛰어넘어버렸으니 무리도 아니었다. 그는 내 눈을 똑바로 바라보며 천천히 물었다.

"그 그림을 아십니까?"

"네. 실은 본 적이 있거든요."

그는 펄쩍 뛰듯 놀라며 다시 물었다.

"아니, 어디서 말입니까?"

나는 움찔했다. 그건 지극히 개인적인 문제라며 슬쩍 둘러대고 싶었다. 그는 의혹의 눈초리로 나를 쏘아보다가, 차츰 묵인하는 듯한 눈빛으로 변해갔다.

"그게 내가 지금 생각하는 그 그림이라면, 대부분의 전문가들이 그걸 영구 손실된 작품으로 여기고 있다는 걸 선생께서도 잘 알고 계시겠죠?"

그의 말에, 가급적 비웃는 기색을 감추려고 애써 눈을 찡그리며 수수께끼 같은 침묵을 고수했다. 그는 또 이렇게 말했다.

"그 그림은 사진으로조차 가지고 있는 사람이 없습니다. 전쟁이 끝날 무렵 망가졌다는 증언만 여럿 있을 뿐이지요. 나치 점령군이 강제로 빼앗아 처분했다고 말입니다……"

"현재 이스라엘에 감금되어 있는 위르겐 로헨브라우의 소행이죠."

그때였다. 아까부터 갤러리 진열대를 골똘히 들여다보고 있던 두 남자 쪽을 그가 갑작스레 휙 돌아보았다. 두 남자가 멀어지고 나서야 그는 다시 내게로 고개를 돌려, 신경이 바짝 곤두선 눈빛으로 말했다.

"우리가 가지고 있는 정보가 서로 일치하는 모양이군요. 일부 소식통에 의하면, 그 사람은 검거되기 직전 〈내면의 여인〉을 마그리트의 다른 작품으로 둔갑시켜 볼리비아 국경 바깥으로 빼돌렸다고도 합니다."

순간, 내 뱃속에서 뭔가가 뒤틀리는 느낌이었다. 그러면서 나도 모르게 입 밖으로 천천히 말이 새어나왔다.

"〈빛의 제국〉……"

내가 그림 제목을 대자, 관장의 얼굴이 일순 새하얀 턱수염만큼이나 하얗게 질렸다.

"지금 그 말은 단순한 추측입니까, 확실한 정보입니까?"

나는 눈썹을 한 번 씰룩 움직이는 것으로 대답을 대신했다. 그가 너무 흥분한 상태여서 더이상 아무 말도 덧붙일 수가 없었다. 그는 점점 눈을 가늘게 뜨고 나를 주시했다.

"혹시 페뢰에 가신 적이 있습니까? 거기에 있는 그 집 말입니다. 도대체 누가 당신한테 정보를 준 거죠? 기록이라도 찾아낸 겁니까?"

나는 슬그머니 눈길을 돌렸다. 그는 나를 붙잡고 갤러리 구석으로 끌고 갔다. 종려나무가 프린트된 티셔츠 위에 헐어빠진 가죽 재킷을 걸친 촌티 물씬 풍기는 나의 행색을 한동안 유심히 살피던 그는 혹시 중개인으로 일하고 있느냐고 조심스레 물었다. 내가 굳이 부인하지 않자, 그는 졸지에 비밀 모의라도 하는 투로, 달리 귀띔해줄 정보는 없는지 캐물었다. 나는 그를 실망시키지 않으려고 일부러 뭔가 숨기는 듯한 태도를 취했지만, 사실 한쪽으로 나를 몰아간 건 애당초 그였다.

"선생, 나는 가격이 어떻든 상관없이 지금 당장이라도 그 그림을 구매할 의사가 있습니다."

나는 혹시 모를 가족 문제라든가 보험회사 얘기에는 짐짓 당황하는 척했다. 그는 이해한다는 표정으로 말했다.

"그 문젠 알아서 잘 처리할 겁니다."

나는 기억해두겠다고 다짐한 뒤, 그의 명함을 받아 지하철역으로 향했다.

확신하건대, 드디어 페뢰쉬르마른에서 마르타의 혼령과 만날 약속을 한 셈이었다. 가는 내내 나는 영화 한 편을 머릿속에서 미리 찍었다. 캉디스를 데리고 룩셈부르크에 거주하는 자살한 사기꾼의 유족한테로 가서, 전문가들을 불러놓고 가짜 〈빛의 제국〉을 적발하도록 경찰에 조치해 그 속에 숨겨진 〈내면의 여인〉을 마르타의 자손인 진짜 주인들에게 온전한 화폭으로 돌려주는 장면들이었다. 그에 대한 보답으로 우리의 결혼 선물이 마련되었고 말이다.

있을 법하지 않은 상황들이 더해가면서 가능성의 장이 확대되기라도 한 듯, 나는 그런 상황을 거의 기정사실처럼 받아들였다.

수도권 급행노선 전철역에서 나오자 우측의 노장쉬르마른과 좌측의 페뢰쉬르마른으로 갈라지는 지점이 나타난다. 나는 시내 지도상에 휘갈겨진 낙서들 틈으로 현재 나의 정확한 위치를 애써 판별해낸 뒤, 르드뤼롤랭 대로를 따라 1킬로미터쯤 걷는다. 날은 청명하면서도 쌀쌀하다. 나는 마치 자석의 힘에 끌리듯 제네랄 드골 가도街道 쪽으로 가고 있다. 목표에 거의 다 와 있음을 느낀다. 다만 무엇의 목표인지를 모를 뿐.

교차로에서 번호판들을 유심히 살핀 뒤, 나는 좌측으로 방향을 튼다. 평범한 상가 도로가 뻗어 있고, 군데군데 화분 속 관목들이 주차공간을 잡아먹고 있다. 149번지에 이르자, 에어컨 가게와 세탁소 사이의 5층짜리 건물 벽에 붉은 화강암 표지판이 붙어 있다.

1927년부터 1930년까지
화가 르네 마그리트가 이곳에 살았다.

'이곳에 살았다'는 말은 분명 '이 터에 거주했다'는 뜻일 터. 지금의 벽돌 건물을 짓기 위해 기존의 가옥은 싹 밀어버린 게 틀림없다. 나 혼자 흠뻑 취해 있던 달콤한 생각이 순식간에 허물어지고 만다. 숨바꼭질의 마지막 단계에 와서 그만 막다른 골목에 처한 기분이다. 나는 최소한 미술관이라도 들어섰으리라 기대했었다. 마그리트가 달리와 함께 온갖 기행과 파행을 일삼던 당시의 분위기를 충실하게 재현한 일종의 명소 말이다. 비난과 제명을 남발하는 징계위원회로 운동의 성격이 변질되기 전 초현실주의자들의 위대한 시절을 고스란히 느낄 수 있는 곳. 마그리트 자신도 '리얼리즘과 협력했다'는 혐의로 앙드레 브르통에 의해 파문당하지 않았던가. 그러고는 아직 환상이 규범에 복종하지 않아도 되는 벨기에로 돌아가 살고 싶어했지……

나는 그의 작품을 샅샅이 복습하는 건 물론이고, 이제 곧 만나

게 될 소장가의 마음을 구워삶을 만반의 준비까지 단단히 해둔
상태였다. 그는 필경 정직한 전문가들의 주소와 룩셈부르크 경
찰을 움직이게 할 추천서, 그 밖에 유념해야 할 구체적 방법 등
각종 행동지침을 내게 제공해줄 지극히 공정하고 열정 가득한
문화인이리라…… 그런데 이토록 평범하고 개성 없는 건물이라
니! 도대체 어느 인터폰 버튼을 눌러야 하는지조차 감을 잡을 수
가 없다!

문득 유모차 바퀴 하나가 내 발등을 넘어간다. 나는 얼른 입구
에서 비켜서서, 장바구니 챙기랴 우는 아기 달래랴 허둥대며 방
금 열쇠 꾸러미를 꺼낸 부인에게 길을 열어준다. 혹시 하는 마음
에 내가 불쑥 묻는다.

"실례지만, 부인, 혹시 마그리트를 아십니까?"

"아뇨, 됐습니다."

"당시 그의 친구들 중 누가 여기……"

여자는 건물로 들어서자마자 코앞에서 문을 쾅 닫아버린다.
더 매달려봤자 소용없을 것 같다. 애당초 잘못된 정보를 가지고
엉뚱한 길을 헤매느라 이래저래 기력과 시간만 낭비하고 좌절감
만 깊어진 꼴이다.

나는 르드뤼롤랭 대로를 따라 다시 수도권 급행노선 전철역으

로 향한다. 내가 탈 아르카숑행 열차가 도착하기까지 다섯 시간 여유가 있다. 상젤리제까지 가서 모처럼 어머니와 포옹을 나눌 수도 있겠으나, 오랜만의 인사랍시고 대뜸 "웬일이냐?" 물을 그 양반의 표정을 생각하니 찾아갈 마음이 뚝 떨어진다. 소위 계시를 받았다는 협잡꾼들, 뒷거래에 능한 도사들에게 휘둘린 꿈의 덧없음, 내 인생의 황량한 사막을 그녀의 눈빛에서마저 확인할 용기가 없다.

이제는 '제국'의 불빛을 꺼야 할 시점이다. 초목의 악몽과 초발광 세계 따윈 깨끗이 잊고 칙칙한 잿빛 세상으로 돌아와야 할 때인 것이다. 캉디스와 첼로는 이제 그만 지워버리고, 무난한 여자와 결혼해 제 살 깎아먹을 새끼들이나 줄줄이 낳으면서, 삼십 년짜리 장기 상환 대출이라도 받아 하루빨리 빵가게를 차리는 것이 속 편한 길이다. 나로선 깜냥도 안 될 망상일랑 이쯤에서 집어치우고 말이다……

그렇더라도 대체 이게 무슨 낭패인가! 기껏 예까지 좇아온 결과가 겨우 이거라니…… 빙빙 돌아 제자리로 온 셈 아닌가. 결국 지금 이대로의 나 자신을 받아들여 어떻게든 헤쳐나가는 수밖에 달리 도리가 없었다. 그렇다고 그림의 창문을 통해 깨끗이 몸을 날릴 운명도 아니다. 이대로 칵 뒈져버린다고 무슨 뾰족한 수가 나는 것도 아니고, 흔히 말하듯 '나 스스로에 만족하면서' 현실 세계 속의 정상적인 삶을 살고자 애쓸 일이다.

그렇게 나 자신을 종합적으로 돌아보는 와중에, 문득 나도 모르게 어느 부동산 사무소 유리창에 시선이 멎는다. 순간 나는 얼른 걸음을 멈추었고, 그 바람에 나와 부딪친 서류가방 든 어떤 녀석의 입에서 매서운 핀잔 한마디가 튀어나온다.

"뒤도 좀 살피고 다닐 수 없소?"

나는 아무런 대꾸도 하지 않는다. 바로 그 집이다! 어쨌든 크기도 딱 그만하고, 똑같은 가로등과, 비율이 다소 왜곡될 정도로 자라긴 했으나 역시 똑같은 참나무 뒤에 위치하고 있다. 배경의 숲 언저리에 소형 슈퍼마켓이 들어섰고 창문마다 모조리 불이 꺼져 있긴 하나, 광고 벽보의 조악한 사진이라는 점을 감안하면 분명 유사점이 있었다.


거장의 화폭에 거주한다는 것, 얼마든지 가능한 일입니다!

마그리트의 세계에서 내 집처럼 살고 싶은 꿈이 있나요?

여기 매물로 나온 '빛의 제국'을 소개합니다!

방 8개, 욕실 3개, 대형 주방, 차고.

원형 상태 보존. 개보수는 추후 결정 가능.

목덜미를 따라 소름이 쭉 돋으면서, 섬뜩한 기분에 뱃속이 쩌릿하다. 나는 유리창에 이마를 대고 한참을 들여다본다. 그렇다면 게임의 목적지가 바로 여기, 이거였단 말인가? 내 꿈속에 그토록 극성스레 출몰하던 그림의 모델을 실재 세계에서 찾아내는 것 말이다! 도대체 뭐하러?

나는 두근거리는 가슴으로 문을 열고, 잔뜩 흥분한 채 셔츠 바람으로 책상 앞에서 통화하고 있는 남자를 향해 걸어간다. 통화가 끝나자마자 나는 M212번 매물에 대해 물어본다.

"이거 어떡하죠, 너무 늦게 오셨습니다. 모레 다른 손님이 계약하시기로 했거든요."

순간 나는 망연자실할 뿐 아니라, 그만큼 속이 후련하기도 하다. 하긴, 마그리트에게 영감을 불어넣은 집을 내가 무슨 수로 사겠는가? 보나마나 예술가나 수집가한테 충분히 값을 올려 받을 생각으로 내놓은 것 아니겠는가? 나는 계약할 사람이 이 분야의 전문가가 아니냐고 슬쩍 물어본다. 중개인은 그렇다고 대답한다. 실은 싹 갈아엎고 복합 사무공간을 세우려는 부동산 개발업자라는 것이다.

"한데 이런 매물에 관심이 있으시다면, 방금 들어온 좀더 매력

적인 부지를 소개해드릴 수 있는데요. 가격대도 같고, 토지이용
규정도 덜 까다로우면서, 마른 강이 내다보이는 곳이랍니다."

나는 얼른 고개를 가로저어 벌써 컴퓨터 자판을 제멋대로 두
드리고 있는 그의 손가락을 멈추게 한다. 그리고 유리창에 붙은
광고 벽보를 가리키며 묻는다.

"저게 어디쯤에 있죠?"

부동산 중개인은 마우스를 몇 번 클릭해 모니터상의 자료를
훑어보더니 내게 주소를 알려주고는, 방금 울리기 시작한 전화
기를 후딱 집어든다.

"안녕하세요, 페뢰 으뜸 부동산입니다!"

나는 다시 밖으로 나와 400여 미터를 걸어간 다음, 우측으로
방향을 튼다. 노방브르 11번 가도는 개머루와 덩굴장미들이 휘
감은 로코코 혹은 고딕 스타일의 별장들 사이로 새로 찍은 벽돌
더미와 공사장 팻말들이 곳곳에 포진해, 마치 유예된 과거의 단
편과도 같은 분위기다.

인도 위를 걸어가는 동안 차가운 햇살 속에서 퍼즐 조각들이
차츰차츰 모인다. 내 머릿속에는 오로지 하나의 생각뿐이다. 그
림 속의 또다른 그림…… 꿈에 그토록 선명히 본 그 집이 실재하
는 게 맞다면, 필경 〈내면의 여인〉 또한 〈빛의 제국〉 안에 숨겨져

있을 터!

　나는 녹슨 철책 앞에서 걸음을 멈춘다. 현실 속의 건물은 좀더 크면서도 덜 위압적으로 보인다. 덧창들이 모두 닫혀 있고, 어떤 빛도 그 틈새로 새어나오지 않고 있다. 버려진 정원에는 거대한 참나무 양쪽으로 두 개의 폐기물 수거함이 잡초 속에서 기억되기를 고대하고 있다. 그림과 다른 또 한 가지는 입구의 문인데, 위에 차양이 갖춰져 있다. 문은 반쯤 열린 상태다. 안에서는 전동 드라이버의 소음이 울리고 있다. 낮은 담장에 올라앉은 길고양이 세 마리가 공격적인 눈초리로 나를 쏘아보며 야옹거리고 있다.

　철책 문을 연 나는 출입문까지 숨을 죽이며 다가간다. 노크하기를 잠시 망설이다가, 문짝을 슬그머니 밀어본다. 시큼한 짚단 냄새가 목구멍에 훅하고 밀려온다. 안은 낡고 먼지투성이인데다, 남루하기 짝이 없다. 사슴뿔로 된 외투걸이와 장식조각이 된 찬장, 나무 걸상들과 작은 식탁보, 술이 달린 전등갓…… 꿈에 이끌려 들어가보았던 그림 속 풍경을 연상시키는 것은 아무것도 없다.

　저만치 구석에서, 책 상자들에 둘러싸인 채 이쪽을 등진 한 사내가 선반들을 해체하고 있다. 내 발밑에서 마루 삐걱대는 소리가 울리자 사내가 홱 돌아본다.

"무슨 일입니까?"

나는 초인종을 찾지 못해 그냥 들어왔다고 말하면서 양해를 구한다.

"무슨 용건이신데요?"

나는 목소리를 가다듬고, 혹시 마르타 베크만을 아느냐고 물어본다. 순간, 그는 움찔하는 기색이 역력하다.

"그건 왜 묻죠?"

손에 전동 드라이버를 쥔 그는 일말의 기대감 속에 살짝 흔들리는 의혹의 눈빛으로 나를 유심히 훑어본다. 그리고 이내 슬픈 얼굴이 된다.

"무슨 일이 생긴 겁니까?"

그 말 한마디에 비추어, 나는 마르타가 아직 이 세상 사람이라는 결론을 내린다. 흥분된 마음을 애써 다잡으며, 나는 그녀와 이야기할 수 있는지를 묻는다. 하지만 사내는 곧바로 표정을 추스르더니, 또다시 묻는다.

"글쎄, 무슨 용건이신데요?"

나는 지금 마그리트에 관한 책을 집필중이라고 말한다. 그제야 사내는 비로소 긴장을 푸는 눈치다.

"아, 이제 알겠네. 그래서 베크만이라고 부르는군요."

내가 눈썹을 찡그리며 어리둥절해하자, 사내는 독일에서 도망쳐온 뒤 숙모가 처녀 적 성인 '리체트'를 다시 쓴다고 설명해준다. 나는 잠시 멍하니 있다가, 충분히 그럴 만하다는 표정으로 고개를 끄덕인다. 나는 마그리트의 친구였던 분에 관해 허튼소리를 쓰고 싶지는 않기 때문에 몇 가지 사항을 확인하고 싶다고 덧붙여 말한다.

그는 다시 한번 내 얼굴을 뚫어져라 살펴보고는, 안타깝게도 그건 불가능하다고 대답한다. 아무래도 내가 헛걸음을 한 것 같은데, 그건 직접 보면 알 거라는 것이다. 그가 안쪽 계단으로 나를 이끌 거라는 기대와 달리, 바깥으로 다시 데려가면서 수첩을 꺼내고는 이렇게 말한다.

"여기, 주소를 드리지요."

포르트 드 뱅센에 위치한 '자르댕 데 뮈즈'*는 원통형의 콘크리트 건물로, 어찌 보면 유치원 같기도 하고 세무서 같기도 하며, 또 달리 보면 구치소 같기도 한 생김새다. 안으로 들어가면 죽음의 완만한 진행과 사치스러운 연금수당의 효력이 느껴지는 곳이기도 하다.

접수대에서 나에게 '방문객' 배지를 달아준다. 승강기를 타고 4층까지 올라간 다음, 안내 화살표를 따라 계속해서 복도를 걸어간다.

---

* '뮤즈의 정원'이라는 뜻.

"안녕하십니까, 부인?"

대답이 없다. 329호실 재원자는 의료용 침상 한쪽에 누워 잔뜩 오그라든 왜소한 모양새다. 지상에서의 시간을 따져보면 불과 이십사 시간 만에 육십 년이 늙어버린 꼴이지만, 나는 그녀를 즉시 알아본다. 상대를 낯선 사람처럼 바라보는 건 그 여자 쪽이다.

침대 머리맡 탁자에는 그녀의 집 흑백사진이 가죽 액자 속에 담겨 놓여 있다. 사진 속의 그녀는 하운즈투스 무늬 투피스 차림으로 여러 마리의 개와 고양이에 둘러싸인 채 사진사를 빤히 바라보고 있다. 옛날 그녀가 가졌던 미모의 유일한 흔적이라면, 촘촘한 컬과 넉넉한 웨이브를 조화롭게 빗어넘긴 공기역학적 헤어스타일뿐이다. 사진 속 모습을 모델로 해서 이곳 양로원의 전속 미용사가 머리를 다듬어준 게 틀림없다.

그녀는 고통으로 잔뜩 움츠러든 상태에서 끊임없이 신음을 뱉어내고 있다. 이삼 분 간격으로 근처를 통과하는 지하철 때문에 벽체가 부르르 떨릴 때마다, 힘에 부치는 목소리를 후들후들 떨면서 이렇게 말한다.

"나 집에 가고 싶어."

앙다문 턱에 흔들리는 눈빛을 한 그녀의 경직된 얼굴을 나는 한참 들여다본다. 과연 이 현실 속에서 그녀는 나의 존재를 인지하고나 있을까? 아니면 조금이나마 고통을 피하기 위해, 그녀의 의식이 마그리트의 상상세계 속으로 영영 피난해버린 걸까?


의사는 비관적이다. 다만, 그녀가 이곳에 체류한 지 육 개월 됐는데, 그동안 이렇다 할 변화 없이 답보 상태라는 것이다. 그러면서 덧붙이기를, 식물도 통증을 느낀다고 인정하지 않는 한 지금을 식물인간 상태라고는 할 수 없다고 했다.

의사는 나에게 가족이냐고 묻는다. 나는 고개를 가로젓는다. 그는 유감이라고 하면서, 조카가 하나 있긴 한데 들여다보는 법이 없다며 혀를 찬다. 자기한테 아무런 부담도 주지 않는 숙모인데 말이다. 그녀의 예금통장에서 자동으로 이곳 비용이 공제되고 있다고 했다. 그녀의 유일한 낙이라면 일주일에 한 번 머리 손질을 받는 일이라고.

"그럼 관계가 어떻게 되시죠? 그냥 친구 사이입니까?"

나는 마그리트의 길동무들을 수소문하는 중이라며, 다시금 문필가 신분을 슬그머니 도용한다. 아나나 다를까, 의사는 일체의 논평 대신 눈썹 한 번 살짝 올리는 걸로 넘어가준다. 이어서 그는 마르타에 관해 예술과 전혀 무관한 전기적 사실들을 줄줄이 늘어놓는다. 예컨대 샤르코마리투스 병을 앓고 있다는 둥, 근육 퇴화증에 시달린다는 둥, 다발성경화증과 같은 신경말단증상이 보다 극심한 통증과 더불어 확인된다는 둥. 그래서 현재 아무런 치료법도 찾을 수가 없고 어떤 조치도 취할 것이 없는 상태라고 한다. 어떻게든 통증이라도 덜려고 애써봤지만 모든 방법에 알레르기 반응을 일으킨다는 것이다. 다만 파라세타몰만큼은 그녀를 완전히 무기력하게 만들면서 극히 드물게 고통을 잠재우기도 한단다. 의사는 스스로의 진단에 안주하고 싶은 듯, 그녀가 다른 인간과의 소통의 여지를 완전히 닫아버린 것이 거의 반세기는 될 거라고 단정해버린다. 그녀는 지난 십수 년간 페뢰의 집에 끌어들인 떠돌이 개와 고양이들하고만 의사소통을 해오고 있다는 것이다. 그제야 나는 조심스레 물어본다.

"혹시…… 그전에도 저분을 알고 계셨나요?"

"아뇨, 미용사가 해준 얘기가 다예요. 밤비라고 하는데, 그분과의 접촉에 성공한 유일한 사람이나 마찬가지지요."

그때였다. 마르타가 늑대의 울부짖음을 연상시키는 긴 탄식을 내뱉는 바람에 대화가 중단되었다. 나는 가냘프기 짝이 없는 그녀의 손목을 얼른 감아쥔다. 그녀는 육체의 고통을 피해 달아나기라도 하는 것처럼, 흑백사진 속 집 쪽으로만 시선을 고정한 채 아무런 반응도 보이지 않는다.

의사는 링거를 확인하고는 계속해서 다른 환자들을 살피러 자리를 뜨려다 말고 홱 돌아서더니, 난데없이 공격적인 말투로 이렇게 말한다.

"도저히 답을 찾을 수 없어 의사들 사이에서 가장 꺼리는 질문이 하나 있지요. 육체적, 정신적 고통과 몰락이 저 지경에 이르기까지 인간으로 하여금 질긴 목숨을 이어가게 하는 이유는 과연 무엇일까 하는 것입니다. 도대체 뭘 위해서냔 말이죠……"

정면으로 쏘아보는 의사의 시선을 나는 묵묵히 견디고 있었다. 대답할 말이 없었던 건 아니지만, 나 혼자 꿋꿋이 간직하기로 한 것이다. 마르타는 저런 상태에서도 자기 집의 빛을 관리해오고 있었던 것이다. 만약 그녀가 없었다면 그림 속에서 우리가 무얼 할 수 있었겠는가?

마침내 의사가 자리를 떠나고, 나는 불안한 마음으로 꼼짝 않고 서 있다. 잠시 후, 나는 항상 몸에 지니고 다니던 〈빛의 제국〉 그림엽서를 주머니에서 꺼내, 여자의 얼굴로 천천히 가져갔다. 고통으로 깊이 파인 그녀 얼굴의 주름이, 마치 미세한 온도 변화에 반응하듯, 이렇다 할 표정 없이 움찔했다.

나는 음소거 상태로 켜져 있는 텔레비전 쪽을 유심히 바라보았다. 아마 그녀도 지난달에 방송된 〈내가 스타였을 때〉를 보았을지 모른다. 어쩌면 그때 나를 선택했을 수도 있다. 이유와 방법은 아무래도 상관없었다. 그녀의 부름에 내가 답했고, 그녀의 운명을 내 손으로 받아 안았다는 것이 중요할 뿐.

문득 그녀가 뭔가 하소연하는 눈빛을 나에게로 향하더니, 엽서의 그림 속으로 시선을 꽂아넣었다. 도대체 그녀는 내게서 무엇을 원했던 것일까? 집에 보내주어, 인간의 잔혹함을 잊게 해준 동물들에 둘러싸인 채 죽음을 맞게 해달라는 것이었나? 그녀가 자진해서 이곳에 들어와 있는 게 아니라는 건 확실했다. 필시 그 조카라는 자가 집을 매각하려고 의식이 가물가물한 사람을 억지로 부추겨 위임장에 서명을 받아낸 게 분명하다.

나는 그림엽서를 도로 챙겨넣고 그녀의 어깨에 담요를 덮어준 뒤 복도로 나왔다. 승강기를 타자마자 벽에 붙은 양로원의 전반적인 일정표를 유심히 훑어보았다. 미용사는 다음날 오기로 되어 있었다. 어차피 나는 기차도 놓친 상태였다.

나는 뱅센의 파리 가도에 위치한 어느 호텔방을 잡았다. 그리고 어머니의 애인 중 한 명인 푸크 씨에게 전화를 걸었다. 그는 내 목소리를 듣자 무척이나 반가워했다. 공증인으로서 내 배우

계약서를 도맡아 작성해주던 시절, 그는 툭하면 나를 번쩍 들어 안아 자기 무릎에 앉히곤 했다. 나는 아는 여자라고 둘러대며 마르타의 경우를 그에게 설명해주었다. 돌아온 대답은 소송요건이 더없이 명백하다는 것이었다. 노약자에 대한 약취유인에 해당한다고.

그럼 그렇지! 다음날 다시 가보니, 역시 밤비가 와 있었다. 그녀는 자신이 직접 간이 미용실로 개조한 욕실에서 마르타의 머리를 감겨주는 중이었다. 머리를 헹굴 수 있는 세면대와 각종 케어 라인, 헤어롤, 헤어드라이어 그리고 마침 노부인의 몸을 덮고 있는 나일론 가운까지 없는 것이 없었다. 그녀는 부인을 웃기려고 일부러 눈알을 이리저리 굴려가면서 샤를 트레네의 노래 한 곡조를 불러젖히고 있었다. 문간에 서 있는 나와 눈이 마주치자 그녀는 노래 부르다 말고 가볍게 인사를 건네더니, 누굴 찾아왔느냐고 물었다. 그녀 역시 나를 알아보지 못하는 거였다……

　"근데 그 여자는 '내' 마그리트 그림 속에서 당신 앞에 누워 자기 몸을 쓰다듬고 있던 바로 그 미스 뱅센이잖아!"

나는 캉디스의 재빠른 추론에 놀라 입을 다물고 만다. 아르카
숑 어귀에 위치한 우리 둘만의 오랜 밀회 장소들 중 한 곳인 '셰
노엘'의 티크목 테라스에서 그녀는 이미 한 시간 전부터 두 손으
로 양볼을 괸 채 내 이야기에 푹 빠져 있다. 베네치아에서 로잔
과 망트라졸리의 아마존 밀림을 거쳐 페뢰쉬르마른에 이르기까
지 내 이야기에 귀기울이는 동안, 그녀의 낯빛이 한층 싱싱해져
있었다. 우리는 그라브산 포도주를 두 병째 마시면서, 해물 요리
도 한 쟁반 더 주문해두었다. 저멀리 필라 사구砂도 위로 해가 뉘
엿뉘엿 기울고 있다.

게의 집게발을 먹어치우면서 나는 최근에 급속심리법원 판사
가 매매계약을 파기한 사실을 얘기해준다. 강요된 서명에 의한
위임장의 효력을 무효화한 것이다. 조카는 노약자 약취유인 혐
의로 조사를 받고, 마르타는 얼마든지 집으로 돌아갈 수 있었다.
이제 그녀는 혼자가 아니었다.

"그 여자 얘기 좀 해봐."

'그 여자'가 누구를 말하는지는 굳이 물어볼 필요가 없다. 밤
비는 콩고에서 태어났고, 여섯 살 때 가족이 무참하게 학살당했
다. 그 외중에 인도주의적인 어느 선교단체에 발견돼 프랑스로

오게 된 것이다. 스무 살이 된 지금은 미용사 자격증과 미인대회 타이틀 소유자로서, 가망 없는 말기 환자들과 뱅센 숲의 노숙자들 사이를 오가며 자기 인생을 일궈나가는 중이다.

"미인대회 때 왕관을 쓰고 활짝 웃으면서 '프랑스는 저를 도와준 나라지요'라고 수상 소감을 밝혔던 여자가 지금은 '나도 이 나라를 돕고 있답니다'라고 말하는 격이랄까……"

"맞아, 지난겨울에 나도 그 여자가 대회에 나온 거 뉴스에서 봤어. 당신도 본 모양이지. 아주 뽕갔었나봐. 그러니까 결국엔……"

캉디스의 눈빛에서 묘한 반색의 기운이 반짝인다. 내가 질투하는 거냐고 묻자, 그녀는 이렇게 말한다.

"글쎄, 조금은. 좋기도 하고. 무슨 뜻이냐면…… 아니야. 어서 얘기나 계속해봐."

캉디스는 동경과 찬탄이 뒤섞인 기분으로 내가 해주는 이야기를 경청하고 있다. 왕비의 자태와 래퍼의 입담을 겸비한 뱅센 숲의 여걸께서 거리의 폭력과 열악한 난민수용소를 피해 모여든 이백여 명의 숲속 노숙자들로부터 어떻게 두터운 신임을 얻게 되었는지를 말이다. 그녀의 쾌활한 성격과 도발적인 유머 그리고 환상적인 몸매로 불가능을 가능케 하고, 공권력을 자극하면서, 온갖 대중매체들까지 광분하게 만들었다. 전통적인 유관단체들처럼 숙소 제공이나 요청하기보다는, 차라리 양로원들을 해체하자는 것이 그녀의 입장이다. 즉 재원자들 다수의 바람이 오로지 자기 집에 돌아가 사는 것인 만큼, 노숙자들을 그들의 전담 간병인으로 만들어주면 되지 않겠느냐는 생각이다.

내가 그림 밖에서 마르타의 웃는 모습을 처음 본 건, 훗날 집에 돌아갔을 때 생기를 불어넣어줄 개와 고양이 다섯 마리의 사진을 그녀에게 보여준 순간이었다. 물론 그녀가 죽어도 빛의 집은 갈 곳 없는 떠돌이들의 안식처 역할을 충실히 지켜나갈 것이다.

밤비와 나는 필요한 체제를 갖추기 위해 이틀이라는 시간을 꼬박 쏟아부어 각종 사회-행정 서비스들을 긁어모았다. 관련 기관 책임자들과의 실랑이에서 그녀는 결코 지치는 법이 없었다. 마르타의 레지스탕스 활약상은 물론이고, 나치에 검거된 일과 아우슈비츠로의 압송, 그 와중에 아기만은 구해달라며 기차 안에서 그녀를 붙잡고 하소연하던 다리 부러진 어떤 엄마와의 만남, 때마침 기차가 강물 위를 지날 때 마르타가 아기를 품에 안고 아래로 뛰어내렸지만 안타깝게도 아기는 살아남지 못했고, 마르타는 그 충격에서 아직도 회복되지 못하고 있다는 얘기 등을 늘어놓으며 협상 대상을 마주할 때마다 일일이 붙잡고 늘어지는 끈기가 여간 아니었다. 고통의 발작에 시달리는 노부인이 하루 두 번 머리 손질을 받을 때마다 그 모든 얘기들을 직접 들려준 것인지, 아니면 예산을 추가로 얻어내기 위해 밤비 스스로 지어낸 것인지 나는 알 수가 없었다. 어쨌든 그런 얘기들이 먹혀들었다.

"당신 그 여자하고 했어?"

얼떨결에 툭 던진 듯한 질문이다. 빙그레 웃는 캉디스의 눈빛이 왠지 나에게 호기를 불어넣는다. 그녀의 목소리에 워낙 큰 기대와 희망이 담겨 있어서, 감히 그걸 무색하게 만들 엄두가 나지 않는다.

"어서 얘기해봐." 그녀가 나지막이 말한다.

그런 그녀의 눈동자 속에서 나는 거짓말을 지어내는 내 목소리를 듣는다. 그럴 만한 앞뒤 상황과 광란의 하룻밤 그리고 순수한 희열로 끝날, 내일을 기약하지 않는 육체관계를 나도 모르게 줄줄이 꾸며댔다. 뭐 거기까진 좋은데, 아무튼 한참 뜬금없는 소리가 아닌가.

"당신 그 여자 다시 보고 싶지 않아?"

"내가 바라보고 있는 건 바로 당신이야, 캉디스. 당신이 내 일생일대의 여자라는 거 잘 알잖아!"

"하지만 난 당신한테 다른 누군가가 있었으면 했어."

나는 그녀가 방금 한 말에서 묘한 시제 일치를 조용히 음미해본다. 처음으로 그녀가 나와 함께할 미래를 염두에 두고 있다는 느낌이 든다. 우린 다시 만나도 예전과 똑같이 각자 따로따로 제 갈 길을 갈 거라 생각하고 있었다. 적어도 그것이 그녀가 나에게 기대하는 것이었다. 단지 내가 그걸 이해하는 데 시간이 좀 걸렸을 뿐이다. 한 번의 심장발작과 세 차례의 유체이탈, 약초 과잉복용을 경험하고 미스 콩고를 만나고 나서야 나는 비로소 그녀가 사랑할 만한 남자로 다시 태어난 셈이다. 그녀가 슬그머니 내 손을 그러쥔다.

"당신이 나에게 밤비 얘기를 해줘서 좋아. 당신 안에서 생생히 살아 숨쉬는 그녀를 느끼는 게 너무 좋아…… 제레미, 나는 당신이 나를 묘지의 석상 취급하는 걸 더이상 견딜 수가 없었어. 당신 가슴속에 나를 염하듯 간직하고, 마치 앙금이 남은 것처럼 나를 아쉬워하는 게 싫었던 거라구……"

나는 고개를 숙인다. 일편단심이라고나 할까…… 웨이터가 다가와 병에 남은 포도주를 마저 잔에 따르고, 우리가 듣는 둥 마는 둥 하는 가운데 뭔가 묻더니 다시 저만치 물러난다. 캉디스는 내게서 단 한 번도 눈을 떼지 않는다. 내가 이러쿵저러쿵 지어낸 미스 뱅센과의 뜨거운 밤의 사연이 이제 슬슬 꺼림칙한 부담감으로 내 마음을 짓누르기 시작한다. 사실 그 여자와 함께한 친밀한 관계라 해봤자, 페뢰쉬르마른에서 '빅맥' 세트를 한 번 같이 시켜 먹은 것이 전부다. 그때 그녀는 비밀 이야기라면서, 마르타의 가슴속엔 평생 딱 하나의 사랑만이 존재했었다고 귀띔해주었다. 잠을 자면서 툭하면 혼자 중얼중얼 읊조리던 바로 그르네와의 사랑 말이다. 나는 열다섯 살 때 장터 축제에서 만났다는 화가의 아내 조르제트가 문득 생각났다. 엄청 질기면서 절대적이고 숨막힐 듯 강렬했다던 둘 사이의 열정. 밤비는 내게 이렇게 물었다. "당신은 어때요?" 나는 당연히 캉디스 얘기를 꺼냈다. 그녀는 감자튀김을 우물우물 씹으며 이야기를 듣다가, 괴로움조차 행복으로 받아들이게 해주는 여자를 사랑하고 있으니 나는 참 행운아라고 말했다.

캉디스가 잔 밑바닥에 가라앉은 포도주 찌꺼기를 빙글빙글 돌리면서 다시 입을 연다.

"나는 당신이 기대하는 걸 더이상 줄 수가 없었어. 다시금 정신을 집중하고, 내 모든 에너지를 한데 끌어모아야만 했다구. 덕분에 심장의학이라든가 아버지의 그늘에서 벗어나, 나 자신만의 프로젝트를 성공시킬 수 있었지. 한데 그 일도 이젠 점점 시큰둥해지고 있어…… 글쎄, 모르겠어. 아마 다른 뭔가가 필요해졌나 봐. 어쩌면 그게 당신일지도 모르지."

"정말 그렇게 생각하는 거야?"

이상하게도 덜컥 경계심부터 생긴다. 세상 그 무엇보다 바라던 것을 막 거머쥐려는 마당에, 오히려 그녀의 대시를 저지하고 의혹을 부추기면서 시간을 벌려 하다니! 아마 그간 겪은 일들이 나를 변화시켰는지도 모른다. 이제는 단순히 과거로 돌아가는 것 이상을 바라게 되었고, 그에 비해 캉디스는 아직 준비가 덜 된 것처럼 느껴지는지도.

그녀의 휴대폰이 울린다. 그녀는 내 손을 놓고 전화를 받는다. 입술이 긴장하는 걸로 봐서, 해수요법센터에 뭔가 문제가 생겼음을 나는 직감한다. 디저트까지 즐길 여유는 없을 것 같다. 우리의 유예된 시간들 중 하나가 또다시 곤두박질쳐 산산조각나게 생겼다.

나는 시내 쪽으로 눈길을 돌린다. 그러자 우리 인연의 모든 발자취가 한눈에 내려다보인다. 미키 클럽, 요트 학원, 마르베 선생님한테 받던 첼로 교습, 우리의 첫사랑을 장식하던 무드음악들…… 여기 이렇게, 아예 일 년 내내 눌러앉기까지 지나온 십오 년의 그렇고 그런 바캉스들. 8월 26일 오늘 그녀의 생일을 맞기까지 지나온 십오 년의 거기서 거기인 생일들. '프티바토'부터 '라 페를라'까지,* 지나온 십오 년 동안의 관습적인 수영복 선물들. 그러고 나서 으레 주고받던 봉투들. 하긴 그녀의 부모도 매번 같은 선물을 했다. 이를테면 그녀의 계좌로 이체해주는 현금과 각종 자선단체들의 목록. 그중 어디를 선택하느냐는 그녀의 몫이었고, 그런 그녀를 내가 늘 옆에서 도와주었다. 제비를 뽑아 자선단체를 결정하고, 총 기부 액수를 정한 건 나였으니까. 그녀의 부모는 딸에게 결코 개인적인 것을 허락한 적이 없었다. 자칫 버르장머리 없는 아이, 모든 게 자기로부터 비롯한다고 여기는 이기주의자로 성장할까봐 겁이 났던 것이다. 오로지 금기와 자기 헌신에 기초한 고풍스러운 기독교 교육을 통해 아름다운 영혼, 즉 진정한 콤플렉스를 갖추고 남자에게 사랑받는 훌륭한 여인으로 길러내는 일에만 관심 있었다고나 할까.

그녀가 다시 내 손을 붙잡는다. 비서에게 대답하는 그녀의 목소리가 내 귀에 들린다.

"그 문제는 내일 의논합시다. 지금 투자자하고 점심 먹는 중이니까."

---

* 의류 브랜드. '프티바토'가 대중적이고 캐주얼한 옷을 파는 브랜드라면 '라 페를라'는 럭셔리한 이탈리아 여성복 전문 브랜드다.

그녀가 내 눈을 똑바로 응시하면서 전화를 끊는다. 방금 한 말이 내 가슴에 쿵 하고 와 닿는다. 그렇다. 나는 타인의 꿈에 투자를 했고, 그로 인해 지상에서 가장 행복한 사람이 된 것이다. 그녀가 내 손가락을 쓰다듬는다. 다시금 이 여자를 무지하게 갖고 싶다. 이번에는 왠지 나의 이런 욕망이 받아들여질 것 같다. 그녀가 계산서를 요구한다.

"그러고 보니, 당신 내 집에 와본 적이 전혀 없네."

나는 그렇다고 대답한다. 실제로 일 년 전 그녀가 가족 별장을 나와 테오필고티에 가도로 이사 간 뒤부터, 혼자 너무 외롭다고 느낀 밤이면 길가 폐기물 수거함에 기댄 채 멀뚱하니 올려다본 그녀의 방 천장 말고는 지금 그녀가 사는 곳에 대해 아는 것이 전혀 없다.

우리는 그녀의 낡은 란치아 풀비아에 훌쩍 올라탄다. 그녀의 열여덟 살 시절의 광기가 고스란히 배어 있는 그 자동차를 나는 육 개월마다 손봐주고 있다. 툭하면 그 낡은 자동차에 대해 짜증을 부리면서도 그녀는 차를 바꾸지 못한다. 그 차를 타는 것은 곧 나와 함께 있는 것과 같기 때문이다. 우린 둘 다 그 차의 주인인 셈이다.

시동장치가 한참 기침을 하고 딸꾹질까지 하더니, 결국 맥을

놓고 만다. 그녀는 보닛을 열어보려는 나를 제지하고는, 집까지 걸어서 가자며 이끈다. 내 팔짱을 낀 채, 그녀는 지난 나의 모험에 대한 총결산을 시도한다. 이성적인 결산을. 모든 건 일종의 대뇌 화학작용, 무의식적 정보들, 상상력, 각종 환각현상 그리고 우연과 정신적 조작으로 설명될 수 있다는 게 그녀의 생각이다. 나는 선뜻 반론을 제기하기가 망설여진다. 이런 논쟁이야 질리도록 하지 않았는가.

그녀가 내 앞의 건물 문을 열어준다. 양배추와 제비꽃 냄새 풍기는 소박한 계단을 오르다 말고, 나는 심장발작이 일어나기 전까지 마르타 베크만에 대해 아는 게 전혀 없었다는 점을 그녀에게 상기시킨다. 한데 그저께 양로원 침대 머리맡 탁자 위의 사진을 본 순간, 그림 속에 나타났던 여자가 바로 그 할머니의 육십년 전 모습이라는 사실을 똑똑히 확인할 수 있었던 것이다.

"나도 굳이 그럴 리가 없다고 말하는 건 아니야, 제레미. 단지 확신을 갖게 해달라는 것뿐이지. 그 이야기, 나도 참 맘에 들어. 그것으로 인해 당신이 변화된 것도 아주 좋고."

나는 지그시 미소를 짓는다. 그녀가 아무리 의심해도 나의 확신은 더욱 굳건해져만 간다. 마그리트가 옳았다. '환상은 우리가 믿는 곳에 있는 게 아니다.' 마르타 베크만의 진정한 삶은 말기 환자를 위한 침상이 아니라, 그림 속에서 펼쳐지고 있는 것이다. 산산조각난 존재, 덧없기 짝이 없는 운명에게 비상탈출구를 열어주고 또다른 세계를 제시하는 것이야말로 예술가들의 역할이 아닌가.

캉디스는 외로움과 과로의 흔적들, 미뤄둔 마무리 작업이 널려 있는 거실로 나를 안내한다. 그리고 커피를 마시겠느냐고 묻는다. 나는 그보다 포도주나 한잔 더 하는 게 낫겠다고 대답한다. 그녀는 씽긋 웃더니, 찬장에서 아르마냑* 박스를 하나 꺼낸다. 틀림없이 환자로부터 받은 선물일 게다.

소파에 털썩 주저앉은 나는 가슴에 미세한 통증을 느끼면서, 낮은 탁자 위에 놓여 있는 『마그리트 탄생 백 주년 기념 작품집』을 펼친다. 벨기에 왕립미술관이 펴낸 이 두툼한 푸른색 책자에는 그간 캉디스가 이불 속에서 툭하면 내게 늘어놓던 마그리트에 대한 모든 '가르침들'이 빼곡히 담겨 있다. 우리끼리 키득거리며 속삭이던 얘기들, 커피 얼룩, 나른한 낮잠 도중 구겨진 자국들까지 어쩌면 그렇게 고스란히 간직되어 있는지…… 나는 328페이지, 전기적 내용이 기술되어 있는 부분으로 건너뛴다.

---

* 프랑스 아르마냑 지역에서 생산되는 브랜디의 일종.

거기에 전쟁 전의 페뢰쉬르마른, 즉 지난주 내가 맞닥뜨린 바로 그곳의 이모저모가 펼쳐져 있다. 순간 모든 것이 와르르 무너져 내린다.

1928년 자기 집 식당에 앉아 있는 르네와 조르제트의 사진을 들여다보며, 나는 손가락 하나 까딱할 수가 없다. 그들은 살바도르 달리, 폴 엘뤼아르와 함께 저녁식사중이다. 사진 설명을 보니, 동석한 사람 이름이 하나 더 나와 있다. 웨이브가 진 검은 머리에 하운즈투스 무늬 투피스 차림의 그 여자는 다름 아닌 마르타 베크만.

캉디스가 다가와 내 곁에 앉는다. 그녀는 내 시선이 머문 곳을 살피더니, 내 어깨에 머리를 기댄다. 그것 보라는 투의 가느다란 한숨 소리가 그녀의 입가로 새어나온다. 차라리 나한테서 자기가 틀렸다는 비난을 듣는 것이 낫겠다는 표정이다.

"당신이 본 그 여자 모습이 이 정도 나이였어?"

나는 그렇다고 대답한다. 그녀는 손끝으로 내 턱을 쳐들고 자기 쪽으로 돌린다. 그러면서, 내 꿈이 무엇으로 이루어졌든 지금까지 잘 견뎌왔으니 자기는 나를 자랑스럽게 여긴다고 말한다. 나는 시큰둥하게 고개를 돌려버린다. 뭐가 그리 자랑스럽단 말인가? 뭐든 쉽게 믿어버리는 나의 순박함이? 맹목적인 성격이?

극단주의적 태도가? 그녀는 손가락 끝으로 마르타의 미소 띤 얼굴을 천천히 더듬으면서 이렇게 덧붙인다.

"1928년에는 이 사람들과 더불어 행복했었나보네……"

나는 고개를 끄덕인다. 내가 잊힌 기억 속의 그녀를 투사한 그림에서는 분명 어엿한 주부로서 자신감 넘치고 그만큼 행복한 모습이었다. 그러고 보면 캉디스의 말이 맞다. 설명이 합리적이냐 그렇지 못하냐는 별로 중요한 문제가 아니다. 중요한 건 오로지 결과인 것이다. 이제 왜소한 한 명의 노파가 평소 소원대로 자기 집으로 돌아가 편안하게 눈을 감을 예정이다. 그거면 충분하지 않겠는가.

캉디스는 생각에 잠긴 표정으로 말을 잇는다.

"마그리트가 전쟁이 끝난 뒤 이 여자 집을 모델로 그 모든 연작을 그려낸 건, 아마도 끔찍한 내면의 어둠에서 벗어날 수 있게끔 그녀를 도우려는 뜻이었을 거야……"

그 말이 내 안에 묘한 반향을 불러일으킨다. 뭐랄까, 일종의 평안이나 감미로움, 안락함 같은 것.

"……결국엔 빛의 제국으로 돌아갈 수 있게 말이지."

그녀는 내 입술에 자기 입술을 살며시 포개며 말을 맺는다.

우리의 입맞춤은 그렇게 아슬아슬 이어지는가 싶다가, 이내 중단된다.

"이리 와."

마그리트의 작품집이 바닥 양탄자 위로 털썩 떨어진다. 캉디스는 라일락 색조의 침실로 나를 데리고 들어간다. 순간 나는 깜짝 놀란다. 〈빛의 제국〉 복제화 뒤의 바싹 말린 성지에서부터 유카목에 고정해 세워둔 첼로에 이르기까지, 샹들리에에 걸터앉은 애꾸눈 헝겊 원숭이에서부터 화장대 거울의 방향에 이르기까지, 캉디스는 어렸을 적 부모 집에 있던 자기 방의 세세한 점들을 모두 꼼꼼하게 되살려놓았던 것이다! 창밖의 소나무 가지들만 빠지고, 그 대신 주황색 불빛 하나가 저만치 교차로 위에서 깜빡이고 있다.

내가 그녀 쪽으로 돌아서자, 그녀의 불안한 시선이 나를 향한다. 그녀는 양손을 펼쳤다가 체념한 사람처럼 축 늘어뜨린다.

"당신이 좋아할 줄 알았는데."

말이 내 목구멍에 걸려 차마 입 밖으로 나오질 못하고 있다. 그녀는 창가로 다가가 베네치아 블라인드에 들이치는 빛의 양을 줄인다. 나를 등진 채 그녀의 손이 후크를 끌러 원피스가 바닥으로 떨어지는 순간, 〈내면의 여인〉이 단순한 전조적 비전에 그치는 건 아니라는 생각이 퍼뜩 나의 뇌리를 스친다.

그녀는 갑자기 나를 밀쳐 침대에 나자빠지게 만든다. 예전의 그 반짝임, 발랄하던 탐심과 전도된 스트립 댄서의 장난기가 한꺼번에 터져나오면서, 바지와 팬티, 셔츠와 구두를 마구 벗겨내 나를 벌거숭이로 만들려고 안달하는 눈치다. 마지막 남은 양말까지 나른한 태도로 벗기는 단계에 이르러서는, 아랫입술을 지그시 깨문 채 나의 귓가에 이렇게 속삭인다.

"당신, 미스 뱅센에게 고마워해야 해……"

우리의 두 몸은 한데 뒤엉키고 탐색하면서, 조금씩 조금씩 서로를 되찾아갔다. 숨가쁜 애무를 이어가던 도중, 나는 〈빛의 제국〉을 흘끔 넘겨다보았다.

아마도 액자의 유리에 반사된 빛이었겠지만, 왠지 그림 속 또 다른 세번째 창문에 방금 반짝하며 불이 들어온 것 같았다.

빛의 집 2층. 밤비가 헤어컬들을 하나둘 벗겨내는 가운데, 마르타는 환한 얼굴 너머로 미소를 짓고 있다. 그녀는 1939년 자기 침실의 대형 거울 뒤에 숨겨둔 그림 〈내면의 여인〉을 바라보며 웃고 있는 것이다. 그녀에게 많은 신세를 진 한 화가의 헌정 작품이자, 그런 식으로밖에는 드러내지 못한 욕망의 징표, 시간에 대한 정념의 승리를 나타내는 집요한 상징. 이젠 아무도 그 그림을 직접 구경할 수 없겠지만, 유행과 탐욕, 인간의 모든 한계를 초월해 내가 그 속에 담아놓은 사랑의 메시지는 앞으로도 세상을 향해 조심스레 퍼져나갈 것이다. 마르타는 이제 원하기만 하면 언제든 우리와 합류할 수 있다.

나의 아내 조르제트와 내가 반가운 마음으로 그녀를 맞이하
리라.

르네 마그리트(1898~1967)

*La maison des lumières*

**옮긴이의 말**

# 사랑이라는 초자연적인 모험

   '스탕달 증후군'. 비범한 예술품을 감상할 때 갑작스럽게 심장 박동이 빨라지면서 심한 현기증과 함께 실신 또는 환각으로까지 치달을 수 있는 급격한 정신, 신체적 이상 반응을 말한다. 1817년 피렌체를 방문한 스탕달이 산타크로체 대성당의 미술품들을 감상하다가 실제로 경험했다고 하여 그런 이름이 붙었는데, '피렌체 증후군'이라고도 한다. 과학적인 검증을 통해 입증된 의학적 증상이기보다는 예술품 관람자의 누적된 피로에서 온 단순 탈진이라는 견해도 있지만, 나는 그렇게 생각하지 않는다. 2010년 가을, 피렌체 우피치 미술관에서 보티첼리의 〈봄〉을 한참 뚫어져라 보다가 정말 그 무서운 증상을 겪고 바닥에 주저앉았던 나로서는 이백여 년 전 스탕달이 경험한 그것이 쉽게 설명 가능한 무엇이라고는 결코 생각할 수가 없다. 그날 나는 베키오 다리까지 간신히 걸어갔고, 그곳에서 아르노 강물을 해질녘까지 바라보고서야 정신을 차려 숙소로 돌아올 수 있었다.

이 소설은 바로 그런 성격의 특별한 경험을 과학과 신화, 유머의 유기적인 화학작용을 통해 낭만적이고도 의미심장한 영웅담으로 발전시켜놓았다. 사랑하는 존재와 재회하기 위해서는 꿈과 현실이 교차해야만 한다. 궁극의 삶을 살기 위해서는 시간과 공간을 상대화하고, 의식의 벽에 과감히 구멍을 뚫어야 한다. 굳이 위대한 예술작품일 필요도 없다. 평범해 보이는 일상의 오브제가 어느 순간 계₩를 넘나드는 출입문이 되어줄지 모른다. 소설에서는 르네 마그리트의 그림 〈빛의 제국*L'Empire des lumières*〉이 바로 그런 출입문이다. 그것은 프루스트로 하여금 차원의 벽을 넘어 잃어버린 시간을 되찾게 해준 '마들렌 과자'의 코뷜라르트식 변용變容이다. 이때 그림 속으로 들어간다는 것, 즉 〈빛의 제국〉의 '불 켜진 집'으로 입장한다는 것은 뒤집어 말해 존재의 물리적 조건인 신체로부터 의식이 이탈하는 현상을 의미한다. 이 과정에서 흔히 말하는 '유체이탈OOBE'또는 '임사체험NDE'과 같은 불가사

의한 사건들이 문학적 서술을 통해 실감나게 형상화된다. 그런 위험한 체험들에 목숨걸고 매달리는 단 하나의 이유, 그것은 사랑하는 여인과의 재회를 넘어 그 사랑이 살아 숨쉬었던 세계 자체의 완전한 회복이다. '사고작용 연구소'의 야단스러운 실험들이랄지 '아마존 주술사'가 권하는 신비의 약초 등 다소 유머러스한 과장들이 이런 주인공의 무모한 여정을 '위대한' 영웅의 신화로 포장하는 데 성공하고 있다. 주인공의 아니마anima로 해석되는 '내면의 여인'이 "이런 식으로 그녀를 찾으려 하니까 자꾸 놓치는 것"이라며 결국 현실 속에서의 해결책을 권유하지만, 전체 줄거리의 8할을 관통하는 주인공의 초자연적인paranormal 모험담은 그 자체로 이미 충분한 이 소설만의 매력이다.

의식과 무의식을 넘나들며 주인공이 겪어나가는 유별난 상황들을 초심리학parapsychology에서는 '변성의식상태ASC'라는 개념으로 설명한다. 의식의 이탈이라든지 초감각적 지각ESP과 같은 특별한 정신물리학적 현상들을 종교나 철학의 담론으로 신비화하지 않고 일련의 변질된 의식상태로서 파지把持하는 것이다. 그러고 보니 우리는—딱히 '빛의 터널'을 통과하여 생환함이 아니어도—삶의 이런저런 파격을 거치는 가운데 의미심장한 의식 수

준의 변화를 체험하곤 한다. 누군가에게는 사랑이 그중 가장 큰
파격일 수도 있을 것이다.


2016년 여름
성귀수

지은이 **디디에 반 코빌라르트**

1960년 프랑스 니스에서 태어났다. 1982년 첫 소설 『스무 살과 사소한 것들』로 델 뒤카 상을, 『사랑의 물고기』와 『유령의 바캉스』로 각각 로제 니미에 상과 구텐베르크 상을 수상하면서 촉망받는 작가로 인정받았다. 1994년 불법이민자와 추방 문제를 풍자적이고 우화적인 기법으로 다룬 『편도승차권』으로 공쿠르상을 수상하면서 프랑스 문단을 대표하는 작가의 반열에 올랐다. 그 밖의 작품으로 『언노운』 『금지된 삶』 『반(半)기숙생』 『요정 교육』 『어느 나무의 일기』 『지미의 복음』 등이 있으며 다수의 작품이 영화화되었다.

옮긴이 **성귀수**

시인, 번역가. 연세대학교 불문과 대학원에서 문학박사 학위를 받았다. 시집 『정신의 무거운 실험과 무한히 가벼운 실험정신』과 '내면일기' 『숭고한 노이로제』를 발표했다. 『막시밀리앙 헬러』 『침묵의 기술』 『왜냐고 묻지 않는 삶』 『내 사랑의 그림자』 『힘이 정의다』 『오페라의 유령』 『적의 화장법』 『자살가게』 『아르센 뤼팽 전집』(전20권), 『팡토마스』(전5권), 『불가능』 등 백여 권을 우리말로 옮겼다. 2014년부터 사드전집을 기획, 번역해오고 있다.

문학동네 세계문학
빛의 집

초판 인쇄 2016년 6월 13일 | 초판 발행 2016년 6월 22일

지은이 디디에 반 코빌라르트 | 옮긴이 성귀수 | 펴낸이 염현숙
책임편집 김미혜 | 편집 최정수 오동규
디자인 강혜림 최미영 | 저작권 한문숙 박혜연 김지영
마케팅 정민호 이미진 정진아 | 홍보 김희숙 김상만 이천희
제작 강신은 김동욱 임현식 | 제작처 영신사

펴낸곳 (주)문학동네
출판등록 1993년 10월 22일 제406-2003-000045호
주소 10881 경기도 파주시 회동길 210
전자우편 editor@munhak.com
대표전화 031) 955-8888 | 팩스 031) 955-8855
문의전화 031) 955-1927(마케팅) 031) 955-8860(편집)
문학동네카페 http://cafe.naver.com/mhdn | 트위터 @munhakdongne

ISBN 978-89-546-4122-7 03860

**www.munhak.com**